転校先の清楚可憐な美少女が、昔男子と思って一緒に遊んだ幼馴染だった件

6

Hibariyu
雲雀湯
illust シソ

Contents

illustration by シソ　design by ムシカゴグラフィクス

転校先の清楚可憐な美少女が、昔男子と思って一緒に遊んだ幼馴染だった件6

雲雀湯

角川スニーカー文庫

23478

プロローグ

人付き合いなんて所詮《しょせん》、打算と欺瞞《ぎまん》。

一輝《かずき》がそう思ってしまったのは、とある中学3年の出来事がきっかけだった。

生来のすっきりとした目鼻立ち、他人の心の機微を読み取れる洞察力、周囲の人に適切に対応できる姉に鍛えられたコミュニケーション能力。

だから当然、幼い頃から一輝の周りには人が自然と集まってきた。

一輝自身、そんな環境を気に入っていた。相手が喜ぶようなことをすれば、皆笑顔を返してくれるのだから。

笑顔に囲まれると、自分も笑顔になる。

それはとても良いことで、だから一輝はそんな良いことをしようと、積極的に各所へ手を伸ばす。

不人気なクラス委員に立候補し、用事がある子の掃除を代わり、ボランティアなはずなのに一定数校内から出さなきゃならない地域清掃にも顔を出す。

すると誰もが笑顔で喜び、ありがとうと言ってくれる。

こうして笑顔の輪が広がれば、世界はどんどん良くなっていく――そんな子供じみたことを信じて疑わなかった。

――実は1つ上の先輩に好きな人がいるんだ。

だから中学の友人の1人にそう打ち明けられた時も、できうる限りのことをした。

怖気づく彼と彼女との仲を橋渡しするために一緒になって話しかけに行き、お昼ご飯も共にしたり、時には放課後遊びへ誘ったりなんかして交流を深めていく。

最初は硬かった彼女の態度もどんどん柔らかくなっていき、そしてとてもまっすぐな人だったから、きっとどういう結末になろうと、彼の想いを受け止めてくれるだろう。叶《かな》うならば、2人に笑顔であって欲しいと願う。

しかしある秋も深まった日のこと。

『そうやってずっと、オレを陰で嘲笑《あざわら》っていたのか……っ!』

彼から怨嗟《えんさ》の籠《こ》もった瞳《ひとみ》で睨《にら》みつけられた。

『海童《かいどう》最低だな、先輩との間を取り持とうとして……』

『あいつ、誰にでもいい顔してるもんな』

『だからといって、人の心を弄《もてあそ》ぶのはないわー』

『なんでも高倉《たかくら》先輩だけじゃなく、他にも——』

『そんな、違っ、僕は……っ』

彼だけでなく他の友人も一輝を取り囲み、侮蔑《ぶべつ》の視線と言葉を投げつける。

それは一輝が生まれて初めてぶつけられた明確な悪意だった。ただただ狼狽《ろうばい》し、ろくに言い訳もできやしない。

彼らだけでなく、普段は気さくに挨拶《あいさつ》を交わす他のクラスメイトも、ひそひそと胡乱《うろん》な目を向けて噂を囁《ささや》くのみ。

その日、一輝を取り巻く世界が一瞬にしてひっくり返った。


それからは泥のように絡みつく、暗がりに閉ざされたような毎日だった。

事情をよく知らない人たちも、周囲の空気を読み取り近寄ってこない。男子は誰しもが一輝を避ける一方、言い寄る女子もいる。なんともちぐはぐだ。

そしてここに至り、嫌でも気付く。

なんてことはない、良いことをしようとする自分は、ただ都合の良い人なだけだった。

皆、にこにこ笑顔の裏で打算し、己の欲望を満たすため利用していただけ。

そもそもが自分勝手な独り相撲、薄っぺらく繋《つな》がった人間関係、最初からただ1人。

なんて滑稽《こっけい》なのだろう。

自分の浅はかさに心がすり減っていく。

周囲を見渡してみる。

ベンチで楽しそうに談笑しているグループ、男子に話しかけられ困惑し頬を染めつつも満更でもなさそうな女子、生徒たちに頼られ口元を緩めている強面の教師。彼らも裏で何かを計算しているのだろうか。

……人付き合いなんて、そんなものなのだ。

そうでなければ、友情とか絆《きずな》といった幻想が物語となって世の中で持《も》て囃《はや》されている説明がつかない。

だから、この失敗を踏まえ、高校では上手くやろう。

そう、心に決めた——はずだった。

第１話　春希は大丈夫なんだけどな

秋も深まりつつあり、夜はことのほか長くなってきた。

早朝、太陽が顔を出すのも随分とのんびりとしてきており、遮光カーテンの端からは白露結ぶ初秋の暁の色を淡く滲《にじ》ませている。

少しひんやりとした隼人《はやと》の薄暗い部屋に、タン、タン、タンと聞き慣れないがしかし、どこか懐かしさを覚える音が響く。

「…………ん」

その音で意識を浮上させた隼人はゆっくりと身を起こし、眠気の残るぼんやりとした頭で周囲を見回す。机の上にある目覚まし時計は、アラームが鳴るまで今少しの猶予を示しており、眉《まゆ》を寄せる。

ここのところ、夜はなかなか寝付けないでいた。

さて、アラームが鳴るまで今少しの睡眠を貪《むさぼ》るか、それともいっそ起きてしまおうかと思案していると、またもタン、タン、タン、という音が扉越しに聞こえてきた。

一体何の音だろうか？

首を傾げながら半ば寝ぼけたままの頭でリビングに顔を出せば、隼人は目を見開いて固まってしまった。

「あ、隼人おはよー」

「お兄さん、おはようございます～」

「春希……それに沙紀《さき》さん？」

どうしたわけかキッチンには幼馴染《おさななじみ》と妹の親友の姿。

慣れた様子でお皿を取り出す春希。

長袖《ながそで》のセーラー服の袖を幾分か捲し上げて、まな板の上で漬物を切り分ける沙紀。

部屋には優しい出汁《だし》の香りがふわりと漂っている。

何をしているかは明白だが、隼人は目をぱちくりとさせるばかり。そしてふと、沙紀が身に着けているエプロンに気付く。

「沙紀さん、それって……」

「あ、お兄さんの借りちゃいました。ふふっ、私にはちょっと大きいみたい」

そう言って沙紀はその場でくるりと身を翻し、はにかむ。

沙紀本人にプレゼントされたものとはいえ、普段自分が使っているエプロンを着られるというのは、妙に胸にこそばゆいものがあった。だから照れ隠しのように言葉を紡ぐ。

「あーでもそれ、ここんところ洗ってないから……っ」

「ん……確かにちょっと汗の匂いがしますね」

「だろ？」

「でもお兄さんが頑張った匂いって感じがして、私は好きですよ」

「っ⁉」

そう言って沙紀は悪戯《いたずら》っぽい笑みを浮かべ、チロリとピンクの舌先を見せる。

不意打ちだった。

今まで見たことのない沙紀の表情にドキリと胸が跳ね、頬が熱を帯びていく。何か言おうとしても適切な言葉は出てこず、しどろもどろになり口の中で「あー」とか「えー」と母音を転がすばかり。

するとその時、背後から朝食の匂いに誘われた姫子《ひめこ》が、「ふわぁ～」という大きな欠伸《あくび》とくぅ、というお腹の音と共に現れた。寝乱れたパジャマに爆発させた寝癖、髪も制服もきっちりと着こなしている幼馴染と妹の親友の2人とは対照的な姿だ。

「おはよ～、おにぃ何かいい匂いするお腹空い……ってはるちゃんに沙紀ちゃん⁉」

みるみる目を大きく見開いた姫子は「うぎゃーっ！」と叫び声を上げながら、どたばたがっしゃん、慌てて洗面所に駆け込んだ。遅れて、ブォォォーッというドライヤーの音が聞こえてくる。

後に残った3人は顔を見合わせ、苦笑を零す。

そしていつも通りな妹の姿でなんとか調子を取り戻した隼人は、春希へジト目を向けた。

「で」

「で？」

「春希、これは一体どういうつもりだ。沙紀さんまで巻き込んで何を企んでる？」

「企んでるってひどい！」

「そ、その、最近少し落ち着いてきたし、ここのところお世話になりっぱなしだったから、サプライズで朝食を作ろうって、春希さんが」

隼人がジト目で春希を詰問すれば、心外だとばかりに唇を尖《とが》らせる。

そんなやり取りを見た沙紀は苦笑しつつ、少し羨《うらや》ましさの滲んだ声でフォローを入れた。

「そうだったのか。ありがとう、沙紀さん」

「い、いえ……それに私だって、作ってもらうよりかは作ってあげたいんですよ？」

「っ⁉」

そう言って沙紀が微笑めば、今度こそ言葉に詰まり赤面してしまう。そんな隼人に春希が少し拗《す》ねたように言う。

「ちょっと隼人、ボクと沙紀ちゃんで反応違くない？」

「春希はどうせ、朝ご飯を作って起こしてみるっていうシチュエーションをしてみたかっただけとかだろ」

「バレてる⁉」

「わからいでか！」

「あ、あはは……」

今までと同じようで、少しだけ違うやり取り。

そうこうしている内にも朝食の準備は進んでいく。

隼人は手伝おうかどうか逡巡《しゅんじゅん》していると、ふいに春希がふわりと笑みを浮かべた。

「隼人、こっちはボクたちがやっておくから着替えてきたら？」

「……ん、言葉に甘えさせてもらう」

「それと寝癖もね。ひめちゃんと同じところ撥《は》ねてる」

「えっ⁉」

隼人がバッと頭を押さえながら部屋へと駆け込む。

背中からはくすくすと、微笑ましい2つの声が聞こえてきた。

「わ、すっごい！」

ダイニングテーブルに並ぶ朝食を見て、姫子が感嘆の声を上げた。

ご飯にみそ汁、焼き鮭、大根おろし、納豆、ナスときゅうりの浅漬け、ひじきと大豆の煮物。見ただけでなかなかに手が込んでいることがわかる。

隼人もほぅ、とため息を漏らせば、へへんとドヤ顔を見せる春希と目が合い、慌ててこほんと咳払《せきばら》い。

ムッと眉を寄せる春希。苦笑いを零す沙紀。

その隣でさっさと席に着いた姫子が、そわそわと早く食べようと3人を急かす。

「「「「いただきます」」」」

食卓に4つの声が重なる。

朝は手軽なパン食が多い霧島《きりしま》家にとって、こうした純和風の朝食は珍しくて新鮮だ。そして隼人にとって誰かに朝食を作ってもらうというのも、随分と久しぶりのことでもあった。目を細め感慨深く眺めていると、疑問に思った春希が話しかけてくる。

「隼人、食べないの？」

「っ！　あ、あぁいやその……うん？　このみそ汁に入ってるこれって……？」

　お椀《わん》の中では油揚げの他に、白くてぷるりとしたものが浮かんでいる。初めて見る具材だった。思わず首を傾げてしまう。

「落とし卵です。村尾家《うち》では定番なんですが……」

「へぇ」

「うんうん、月野瀬《つきのせ》の沙紀ちゃん家《ち》でもちょくちょく食べたよ。黄身を割るかつるりと一口で呑《の》み込むか、悩ましいんだよねー」

　こういう普段の我が家とは違う具材があると、余計に誰かに作ってもらったという感覚が際立ち、心をざわつかせる。しかしそれは決して嫌なモノではなく、箸《はし》が進む速度もいつもより速い。

　朝食に舌鼓を打っていると、ふいに対面の姫子が「わぁ！」と声を上げた。その視線の先を追えば、リビングで点けっぱなしになっているテレビ。

『熱い季節はまだまだ終わらない！　シャインスピリッツシティ、水着に浴衣《ゆかた》70％ＯＦＦ、今年最後の売り尽くしセール！』

　ナレーションと共に画面に映るのは、様々な種類の水着や浴衣に身を包んだ華やかな少女たち。その中の１人は見覚えのある顔だった。

佐藤愛梨《さとうあいり》。

最近売り出し中のモデルで、一輝《かずき》の元カノ。どうやらテレビＣＭにまで出演するほど、人気があるらしい。

姫子が目を輝かせる一方で、隼人は隣の方からどこか不穏な空気が漂ってくるのを感じ、バツの悪い顔を作る。

「見て見て沙紀ちゃん、はるちゃん！　愛梨だよ、愛梨！　ほら、水着買いに行ったシティのイベントで、生で見た、あの愛梨！　えーっ、ＭＯＭＯも一緒に出てる！」

「わ、わ、わ、もしかして夏休み前に送ってきてくれた時の!?　姫ちゃんすごい～、テレビに出てる人と会ったことあるんだ！」

「そうそう、アプリのね、抽選してて、外れたけどすぐ近くで！　スタイルも良くて本物で……ってあの浴衣フリフリのヒラヒラ!?」

「ゴスロリ浴衣!?　ふわぁ、都会って色んなものがあるんだね～」

「……案外沙紀ちゃん、ああいうの似合うかも？」

「え、えぇえぇぇ～っ!?　あぁいうのってモデルさんだから似合ってるんだよぅ」

「そうかなぁ？　でもああいうのを着た愛梨、生で見てみたいなぁ」

「うんうん。私も一度、芸能人を生で見てみたいよ～……あれ、あの人……？」

「どうしたの、沙紀ちゃん？」

「うぅん、なんでも」

どういうわけかテレビを見ながら、狐に化かされたような顔で首を捻《ひね》る沙紀。

その傍らで春希は、少しばかり不機嫌そうに鼻を鳴らす。

「それなら隼人に頼んでみたら？　どういうわけか知らないけれど、あの愛梨と知り合いというか随分仲が良い感じみたいだし？」

「「……………え？」」

「は、春希っ！」

姫子と沙紀の表情が固まり、ぎぎぎと音を立てながら視線をテレビから隼人に移す。その瞳《ひとみ》からは虹彩《こうさい》が消え、開かれた瞳孔《どうこう》は奈落《ならく》のように暗い。ぞくりと背筋に冷たいものが流れるのを感じる。

しかし隣の春希はどこ吹く風とばかりに、つーんとそっぽを向きながらご飯を掻《か》き込み、頬を膨らませるばかり。

「おにぃ！　愛梨と、モデルの人となんて、いつの間に知り合ったの⁉」

「お、お、お、お兄さん⁉」

「い、いや知り合いというか、友達のその、知り合いなだけの遠い関係というか……」

「ふーん。知り合いの知り合いってだけの女の子と、水着姿で抱き合うんだ？」

「だ、抱き合うっ⁉」」

「あ、あれは彼女がプールサイドで足を滑らせただけだから！」

「おにぃ、その話ちょっと詳しく」

「お兄さん、何か悪いこととか人に言えないようなこと、してませんよね⁉」

「姫子⁉　沙紀さん⁉」

「つーん」

お箸を置いた妹とその親友に詰め寄られれば、隼人は勘弁してくれとたじろぎ、慌てて残りの朝食を搔き込み、席を立つ。

そして「あ、逃げた！」「都会の誘惑、ハニートラップ……」「あ、ちょっと待ってってばー！」という声を背にして部屋に戻り鞄《かばん》を摑《つか》む。

玄関先で靴を履いていたら、やがてドタバタと3つの足音がやってきた。

「もー、おにぃってば！」

「……んぐ、けほっ。隼人が急かすから咽《む》せちゃったし！」

「あのその、洗い物は……」

「はいはい。あ、洗い物は学校から帰ったらやっとくよ」

彼女たちは一様に、遊んでいる途中の玩具《おもちゃ》を取り上げられたかのような不満顔。

隼人はガリガリと頭を掻いてドアを開ける。

すると一瞬目の前が真っ白になるほどの、まだまだ熱を帯びた陽射しを浴びせられた。

思わずおでこに手庇《てびさし》を作り、目を細める。

スマホを見ればいつもと同じ家を出る時間。

太陽は引っ越してきた時よりも少し低い位置で、あの頃よりも柔らかく輝いていた。


空では雲がさらさらと砂のように流れている。

通学路、学校に向かいながら会話に花を咲かす。

「そういえば学校で耳に挟んだんですけど、この辺で大きな秋祭りがあるそうですね」

「ここから電車で2駅ほど離れたところに大きな神社があって、毎年この時期にやってるみたいだね。屋台とかいっぱい出てて、花火も打ちあがるみたい」

「わ、わ、屋台って漫画とかでよく見かける、お好み焼きとかリンゴ飴《あめ》とかベビーカステラとかのあれですか⁉」

「そうそう、そんな感じ。すっごいらしいよー」

「って春希、さっきからみたいとからしいとかって、行ったことないのか？」

「……ふふっ」

「あ、ごめん」

「ちょっと、そこで謝られると傷付くんだけど！」

「あはは、お兄さん……」

話題は先ほどのＣＭを切っ掛けにして、秋祭りのこと。

それまで顎《あご》に手を当て考え込んでいた姫子が「うーん」と唸《うな》り声を上げた。

「やっぱりそういうお祭りってなると、浴衣を着てかなきゃだよねー」

「うんうん、せっかくの機会だもんね。月野瀬の祭りだと浴衣を着る機会なんてなかったし！　巫女《みこ》服は着させてもらったけど！」

「え、はるちゃんってばいつの間に⁉」

「その時の写真も撮ってますよ～、今度姫ちゃんのところに送るね。そういや私、浴衣なんて着たことないなぁ」

「そうなのか？　沙紀さんいつも巫女服だし、すごく和風なイメージあるんだけど」

「あはは、向こうでは着る機会が……」

「って、そういやそうだった……」

「それでそれではるちゃん、秋祭りっていつあるの⁉」

「えーっと、今月の23日。毎年秋分の日にやってるよ」

「来週じゃん！　ね、ね、じゃあさ、今度の週末は浴衣見に行こうよ！」

「バイトどうだったかな……シフト確認しなきゃ」

った時、春希さん居なかったんですよね」

「そうそう、あそこの制服見に行ったのに、おにぃたち男子陣しかいなかったし！　あ、そういやメニューが秋モノに変わるって予告あ
「そういや栗とかかぼちゃとかさつまいも仕入れてたかも」

「わ、わ、わ、どんなのか気になる〜っ」

女3人寄れば姦《かしま》しい、とはよく言ったもの。話題がころころ入れ替わり、どんどん盛り上がっていく。

先日買った服がどうだとか、家具とリメイクシートがどうだとか、コスメや小物がどうだとか。どれも隼人の入り辛い話題ばかり。さすがに話に付いていけない隼人は、少しばかり肩身を狭くしつつ、ため息を吐く。そして一歩引いて彼女たちを眺める。

人懐っこそうな顔で話題を提供する春希に、くすくすと遠慮がちに一歩引いて見守る沙紀。そしてわぁわぁと騒がしくしている姫子。きっと、どこにでもあるような、女の子同士のグループ。

ちらりと沙紀を見てみれば、いつもと同じににこにことした笑みを浮かべているというのに、どうしてか胸がざわついた。自然と手を――あの日沙紀と繋《つな》がれた手のひらを見てしまい――

「お兄さん？」

「っ⁉」

ふいに沙紀が隼人の顔を下から覗《のぞ》き込んできた。

ドキリと胸が跳ね、思わず大きく仰け反る。

そんな隼人の反応がおかしかったのか、沙紀は悪戯《いたずら》が成功したかのように、くすくすと笑う。

「え、えーと……？」

「浴衣、どんなのがいいのかなぁって。ほら、男の人の意見として」

「と、言われてもな……どんなのがあるのか自体わかってないし……」

「ほら沙紀ちゃん、おにぃなんてこんなもんだから参考にならないってば」

「逆に女の子のそういうところに詳しい隼人とか、想像できないもんね」

「「ねーっ！」」

横から口を出してきた姫子と春希が、煽《あお》るように同調する。

どうやら1周回って、また浴衣《ゆかた》の話題に戻ってきていたらしい。

やがてそうこうしているうちに、それぞれの学校への分かれ道に差し掛かった。

「じゃ、おにぃ、あたしたちこっちだから」

「また帰りにお邪魔しますね」

「それじゃあね、ひめちゃん、沙紀ちゃん」

「おう、行ってら」

ひらりと手を振って足を高校へと向けた時、くいっと制服の裾《すそ》を引っ張られる。何かと思って顔をそちらに向ければ、沙紀がこっそりと耳打ちしてきた。

「可愛いと思ってもらえるような浴衣、選びますね」

「っ⁉」

予想外の宣言だった。隼人の意識を刈り取り、一瞬頭が真っ白になってしまう。胸は騒がしいなんてものじゃない。

沙紀は言うだけ言って、そそくさと姫子の後を追いかける。ちらりと見えた沙紀の耳は、これ以上ないほど真っ赤だった。それが余計に隼人の鼓動を速くさせてしまう。

今日は朝から沙紀に感情を乱されてばかりだ。

「隼人？」

「っ！　あぁ、今行く」

しばし茫然《ぼうぜん》と立ち止まっていると、不審に思った春希に声を掛けられる。我に返った隼人は慌てて後を追い、隣に並ぶ。

すると隼人の顔を見て目をぱちくりとさせた春希は、ふーん、と何か含みのある笑みを浮かべた。

「随分顔が赤いよ、隼人？　なに、もしかして沙紀ちゃんに今日の下着の色を当てる問題を出されてたりして」

「バッ、んなわけねぇだろ！」

「『正解は放課後、私の部屋で答え合わせをしましょう？　今日、誰もいないんです……』」

「1人暮らしだから誰もいないっていうか、微妙に似ているからやめろ！」

「ふひひ」

揶揄《からか》われ、声を荒らげる隼人。

そして春希は、にんまりとした顔を作りながらシナを作る。

「ちなみに今日のボクの色はといえば――」

つつーっと艶《なま》めかしい手つきでスカートの裾を引っ張り上げていく。やけに妖艶《ようえん》だった。

当然、通学路を行き交う人たちの視線を集めてしまう。

隼人は慌てて彼らから春希を隠すように身体を差し入れ、スカートの裾を持つ春希の手を握り、少し焦った声色で諭す。

「こら、そういうはしたないことはやめろ」

そう言って隼人が周囲へと視線を促せば、道行く人たちが気まずそうにサッと目を逸らしていく。

「あはっ、本当に見せたりはしないって」

「そうじゃなく……ったく、春希はもう少し自分が可愛いって自覚を持って、外でそんな軽率な行動は止めろと言ってる」

「へ、へぇ……隼人ってばボクのこと、女の子として見てるんだ？」

「当たり前だろ、イヤっていうほど思い知ってるよ」

「っ⁉」

ふいに直接身体に触れた時、たまに見せる可愛らしい笑顔、そんな彼女に寄せられる周囲の視線。それから各所で見せてきた、人を惹《ひ》きつける演技《魅力》。再会してからどれほど痛感したことか。

そんなことを思いつつ、目をぱちくりとさせる春希をまじまじと見つめ、呆《あき》れを含んだため息を1つ。春希を学校へ早く行こうと促す。

「ほら、早く行こうぜ」

「う、うん」

そして少し先を歩く隼人は、先ほど咄嗟《とっさ》に握りしめた手を見て、眉《まゆ》を寄せる。

柔らかくて、すっぽりと手のひらに収まるような、沙紀と同じ、女の子の手だった。

そう、春希は女の子だ。

だけど沙紀と違って、不思議と心が掻《か》き乱される気配はない。

だから思わずそのことが言葉となって零れ落ちる。

「……春希は大丈夫なんだけどな」

「うん？　何か言った？」

「別に」

「ふぅん？」

隼人は何ともいえない、曖昧《あいまい》な笑みを零した。

校門を潜り抜け、グラウンドで朝練している運動部を目にしながら、校舎の裏手にある園芸部の花壇へ向かう。

そこにはズッキーニやトマトといった夏野菜が撤去された空間に向けて、猫車で何かを運ぶみなもの姿があった。

「おっはよー、みなもちゃん！　手伝うよ、ていうか何しようとしてるの？」

「おはようございます、春希さん、隼人さん。えぇっと、次に植えるものの準備をしようかと思いまして」

「準備？　耕すの？」

「土の再生だな。ほら、夏野菜たちがそこの土の中の栄養を全部食べちまってるから」

「あぁ、なるほど。次に植える子のためのご飯作りって感じ？」

「堆肥《たいひ》も必要だな、取ってくるよ。いつものところ？」

「はい、そこに取り寄せた苦土石灰がありますので」

そして用意した苦土石灰をパラパラと撒《ま》き、各々が手にしたスコップで混ぜ合わせる。

隼人がこうすればいいよと角型スコップですくい上げた土を、柄の部分を軸にして回転させるように揺らせば、さらさらと零れて満遍なく地面に落ちる。

春希とみなももそれに倣ってスコップを使えば、効率の段違いの良さに、ポロポロと目から鱗《うろこ》を落とす。

そしてさほど範囲も広いわけではなく、3人で手分けをすれば、作業自体もすぐ終わる。

隼人は道具を纏《まと》めながら、ふと思いついたことを聞いてみた。

「そういやみなもさん、近くで大きな秋祭りがあるんだって？」

「そうみたいですね。うちのクラスでもよく話題になっていますし」

「え、そうみたいって……もしかして、みなもちゃんも行ったことないの？」

意外そうな顔で目をぱちくりとさせる春希。

みなもは困ったように眉を寄せ、人差し指を顎《あご》に当て、うーん、と唸《うな》る。

そして春希と隼人の顔を見て口元を緩め、少し気恥ずかしそうに言葉を零す。

「その、おじいちゃん家《ち》で暮らし始めたの、高校に入ってからなので……それまでは、他の街に住んでいたんです」

「あ、そうだったんだ」

「今まで夏休みとかお正月はおじいちゃん家《ち》に来てたんですけれどね、秋祭りは学校があるから……」

「そっかぁ……じゃあみなもちゃんも秋祭り、一緒に行かない？」

「まぁ、うちの妹とかもいるけどな」

「わぁ！」

春希の提案に、みなもは顔を輝かせ胸の前で小さく手を叩《たた》いた。

しかしすぐに「ぁ」と何かを思い出したかのような声を上げ、申し訳なさそうに表情を曇らせていく。

「秋祭りの日って秋分の日ですよね？　ごめんなさい、その日っておじいちゃんの退院の日と重なっちゃって……」

肩身が狭そうに縮こまるみなも。

しかし隼人と春希は互いに顔を見合わせ、相好を崩す。

「わ、退院決まったんだ！　おめでとう！」

「よかったな、みなもさん！」

「春希さん、隼人さん……っ！」

友達2人に祝福されたみなもも釣られて顔を綻《ほころ》ばせ、くすりと微笑む。

そして少し唇を尖《とが》らせたかと思うと、愚痴を零す。

「でもね、困ったこともあるんです。おじいちゃんってば最近、同じところに桜島清辰《さくらじまきよたつ》が入院してるって聞いて、一目見るまでは退院しないって言いだしちゃって」

「大御所俳優だからな。母さんも沙紀さ——妹の親友とそのことで盛り上がってたよ」

「あはは、あの世代じゃ知らない人がいないほど人気だったみたいだからね。……もっとも、隼人は存在自体知らなかったみたいだけど」

「おい、その情報いる⁉」

「ふふっ」

みなもに笑われ、顔を赤くする隼人。

そして春希はにんまりと口を三日月形に歪《ゆが》め、揶揄いの言葉を掛ける。

「でも残念だったね、隼人。みなもちゃんの浴衣姿が見られなくて」

「あぁ、一緒に行けないのは残念だな」

「ほら、みなもちゃんこう、立派なものをお持ちだから、こう、帯の上に乗っかるところとか」

「おい⁉」「ぴゃっ⁉」

そう言って春希が胸の前で山を作ってにししと笑えば、みなもは顔を赤くして胸元を抱き隠す。

「そ、そうならないよう、ぎゅっと締め付けますので……っ！」

「だってさ、隼人」

「それに何をどう言えばいいんだよ……」

隼人がそのことを想像して気恥ずかしそうに頭を掻けば、春希は「隼人のえっち」と言って、べーっと少しばかり拗《す》ねたように舌先を見せた。

第2話 すれ違う2人

みなもと別れ、教室へ。

教室では友人同士で話したり、慌てて課題のノートを写させてもらっていたり、スマホを凝視しながら悪態を吐いたりなど、いつものように喧騒《けんそう》に包まれている。

しかし足を踏み入れた瞬間、少しばかりの違和感を覚えた。

表面上はいつも通りだ。だが、どこかギクシャクとした空気が流れている気がする。でもそれが何かはわからない。

春希《はるき》も異変を感じているのか、眉を顰《ひそ》めている。

「春希？」

「……んー？」

声を掛けてみるも、何とも言いあぐねて小首を傾げるのみ。春希もよくわからないようだ。

妙に引っかかりを覚えた隼人《はやと》は鞄《かばん》を置き、珍しく席で1人ぼ～っとしている伊織《いおり》に話しかけた。

「はよっす、伊織」

「っ！　あ、あぁ、隼人か……」

伊織はビクリと肩を跳ねさせ振り返り、そして隼人の姿を認めてホッと息を吐く。そのいかにもな反応に眉を顰める。

「……何かあったのか？」

「あー……」

伊織も自分の反応に自覚があったのだろう。誤魔化すことはしないものの、どうも歯切れが悪い。

隼人は何とも捉《とら》えどころのない友人に、どういうことだろうと問いかける視線を周囲に向けてみるも、目が合ったクラスメイトたちは肩を竦《すく》めるのみ。彼らも状況を摑《つか》みかねているようだった。

やがて隼人が眉を寄せていると、伊織は何ともいえないため息を吐き、ある場所へと視線を向ける。するとそこには伊佐美恵麻《いさみえま》の姿があった。

こちらの視線に気付いた彼女は慌てて、かつあからさまに気まずそうに顔を背ける。

どうやらこの2人に何かあったらしい。
だが何があったかはわからない。
春希と目が合うも、首を軽く左右に振るだけだった。

授業中。
黒板にチョークの音を響かせる教師の背中を窺《うかが》いながら、隼人と春希はノートの切れ端を飛び交わせていた。
《春希の方も何もわからず、か》
《うん。何人かは心当たりがありそうだったけどさ、伊佐美さんが気まずい顔をしていると、話すのも躊躇《ためら》われちゃったみたいで……》
《まぁ、俺だって伊織がアレで何も聞けてないからな……》
「「はぁ……」」と2つの小さなため息が重なる。
どうやら伊織とその彼女である伊佐美恵麻との間で何かがあったらしい。
今だって授業中にもかかわらず、伊織と伊佐美恵麻は互いにチラチラと視線を投げ合いながら、目が合うと気まずそうな空気を醸してはあからさまに目を逸らしている。
交友関係が広く明るくてノリのいい伊織は、クラスのムードメーカーだ。

伊佐美恵麻も運動部女子たちのまとめ役で、リーダーシップを発揮している。

2人共、クラスの中心人物の1人といえるだろう。

だからそんな2人がギクシャクとしていると他のクラスメイトにも伝播《でんぱ》し、座り心地が悪そうにしている。教師もその妙に重い空気を嗅《か》ぎ取ったのか、今日に限って板書が多い。

隼人も春希も、2人を何とかしたいという気持ちがある。

しかし休み時間の度にそれとなく2人や周囲に探りを入れているものの、あまり結果は芳しくなかった。

《でも隼人、話を聞くにしても『時短料理するなら玉ねぎのみじん切りの冷凍ストックは必須《ひっす》だよな』、はアレじゃない？　わかる人、まず居ないっしょ》

《うっせ！　春希も話題に困って『こないだソシャゲの推しが――』って熱弁してただろ？　言っとくけど最近皆にそのオタク趣味、バレてるからな？》

「――――っ⁉」

春希はそんな隼人に投げ入れられたメモ書きに驚き、声を上げかけるも慌てて大きく息を呑《の》み込む。当然その様子は教師にも伝わる。

「どうしたー、二階堂《にかいどう》ー？」

「っ⁉　あ、いえ、その……そこの close to you なんですが、『傍に居たいよ』よりも前後の文脈から『会いたい』と訳した方が、心境をよく表してるなと思いまして……」

「ほうー、二階堂は随分なロマンチストだなー。確かにここは――」

咄嗟《とっさ》の言い訳が功を奏し、ホッと安堵《あんど》のため息を吐く春希。

隼人が可笑《おか》しそうに肩を揺らせば、春希はジト目になって消しゴムの端を千切りペシッとおでこ目掛けてぶつけてくるのだった。


昼休みになった。

チャイムと共に学校全体が一気にざわつき出す。

隼人の教室も例に漏れず、お昼の喧騒に包まれる。

しかし伊織と伊佐美恵麻は授業が終わったにもかかわらず、のろのろと教材を弄《もてあそ》びながら鞄や机に仕舞うそぶりを見せ、互いを窺っているかのよう。

そのせいか、いつもより教室を出ていく人も多い。まるで厄介事から逃げ出すようだった。

2人をなんとかしたいという気持ちはあるものの、結局授業中のメモ用紙を介しての作戦会議では、特に妙案は思い浮かんでいない。

春希と顔を見合わせ困った顔を突き合わせていると、「やぁ」と明るい声を掛けられた。

「一輝《かずき》」

「海童《かいどう》……」

春希と共に視線を向ければ、一輝がにこりと手を振っている。

「お昼のお誘いに来たんだけど……えぇっと……？」

「あー……」

何と説明したものか。

隼人だって原因がよくわかっていない。

しかし一輝は伊織、そして伊佐美恵麻へと視線を走らせ、「あぁ」と苦笑を1つ。親指を顎《あご》に当ててうーんと唸《うな》り、そしてにこりと悪戯《いたずら》を思い付いたような笑みを浮かべ、伊織の下へと足を向けた。

「伊織くん、今から駅向こうにあるラーメン屋に行こうか！」

「へ？」「え？」「一輝……？」

そして突拍子もないことを言い出した。伊織だけでなく、隼人も春希も呆気《あっけ》に取られた声を重ねる。

一輝はなおも続ける。

「今から走ってギリギリかなぁ……あ、先生に見つからないよう裏手から出ると遠回りになるよね。ってわけだから、さぁさぁ！」

「え、あ、おい……っ⁉」

「隼人くんも早く！」

「俺弁当――あーくそ、待てってば！」

そう言って一輝は強引に伊織の手を取り、駆け出す。

隼人は鞄の中の弁当に視線を落とし逡巡《しゅんじゅん》するも一瞬、ガリガリと頭を掻《か》き財布だけを摑んで2人の後を追いかける。

去り際、春希と目が合った。

驚きの目を向けている伊佐美恵麻へと視線を促し、そちらは任せたと片手を挙げて去っていく。

腰を浮かしかけた春希は「あ！」と不満の滲《にじ》んだ声を漏らすも、はぁっとため息を1つ。思い直して伊佐美恵麻の下へと向かう。

「伊佐美さん、お昼はこっち、私と一緒に食べましょう？」

「え、あぁ、うん……」

春希のお節介は伊佐美恵麻に正しく伝わったことだろう。今の状況がわからない彼女じゃない。

しかし伊佐美恵麻は教室を見回し、それから伊織が去っていった方角を眺め、思いあぐねて煮え切らない表情だ。どうやら、あまり人に聞かせたくない内容らしい。

春希は逡巡することしばし。そして少し迷いつつ言った。

「……実は伊佐美さんに来て欲しいところがあるんです」


隼人たちが学校の裏口から抜け出し、走ること10分と少し。

最寄り駅の普段使う改札の向こう側にある雑居ビルの1階に、目的のラーメン屋があった。

昼時だからか店の前には何人かが並んでいて時間が気になったものの、回転は速いのかほどなくして店内へ。

当然ながら平日昼間となればカウンターばかりの店内に、制服姿は隼人たちしかいない。

一輝の勢いに乗せられる形でやってきたものの、そもそもお昼に学校を抜け出すのは校則違反だ。

もしお店の方から学校に連絡を入れられたら――とそわそわしていると、一輝が少しはしゃいだ声色で言う。

「大丈夫だよ、隼人くん。運動部界隈《かいわい》だと昼休みに抜け出してここで食べるのって、伝統みたくなってるって話だから。もっとも、僕も来るのは今日が初めてだけどね」

「へぇ、そうなんだ」

店の大将もこちらに向けて、わかってるよと言わんばかりに茶目っ気たっぷりに片目を瞑《つぶ》る。

そして出されたラーメンは大盛りのサービスがなされていた。どうやら隼人たちのような生徒を相手にするのも慣れているらしい。

厚意に甘え、いただきますと手を合わせ、一口。

するとガツンとした魚介の香りが、一気に鼻を通り抜けていく。

「っ！　これは……煮干し？」

「そうそう、季節によって使う種類も変えるみたいだよ」

「へぇ」

なるほど、よく考えられているなと思う。これなら季節ごとにどんな味になるのか気になって通う人もいるだろう。

そしてしばらく食べることに没頭する。友人たちと学校を抜け出し食べるラーメンは、非日常のスパイスが効いていることもあって、とても美味《おい》しい。

やがて麺《めん》が半分以上なくなってきた頃、ふいに一輝が伊織へと話を振った。

「それで伊織くん、伊佐美さんと何があったの？」

「ぶふぉっ！　げほっ、げほっ……」

「……ほれ伊織、水」

「んぐっ、んぐっ……」

一輝の直球な言葉に思わず咽《む》せる伊織。

隼人が横から水の入ったコップを差し出せば一気に呷《あお》り、ふぅっと大きく息を吐く。そしてジト目を一輝に返す。一輝はごめんとばかりに両手を軽く上げた。

見つめ合うことしばし。

探るように伊織を見ていた一輝は、やがて困ったように弱気な声を漏らす。

「えーっと、もしかしてお節介が過ぎちゃったかな……？」

「あー……」

すると伊織はまたも言葉を詰まらせ、くしゃりと顔を歪《ゆが》ませる。かなり言い辛いことのようだ。一輝もそんな伊織の表情を見てバツの悪い顔を作り、それ以上踏み込めないでいた。

少し重苦しい空気が漂う。

都会に来るまで同世代との付き合いが希薄だった隼人は、なおさらこういう時何を言って良いかわからない。

だが、伊織が悩んでいることは確かだった。

そしてふと、先日病院で母親に素直な言葉を告げたことを思い出す。

胸の中に生まれた様々なものを残りのラーメンと共に一気に呑み込み、伊織へと向き直る。

「その、困ってることがあったら言って欲しい。伊織がそんなだと俺も調子が狂っちゃうし、それに何より、友達の力になりたいんだ」

「隼人……」

「隼人くん……」

そう言ってから、少しクサかったかなと気恥ずかしさからガリガリと頭を掻く。

伊織の事情はわからない。

だけどこの気持ちはきちんと伝えたかった。

伊織は瞠目《どうもく》し、瞳《ひとみ》を揺らす。

やがて「あぁ、くそっ！」と言いながら残りのラーメンをスープまで平らげ、ダンッと勢いよく器をテーブルの上に置く。そして「ふぅ」、っと大きなため息を1つ。とつとつと言葉を選び、吐き出していく。

「その、恵麻なんだけどさ、夏休み中に男子バスケ部の先輩に告白されたらしいんだ」

「「えっ⁉」」

伊織の口から零れた予想外の言葉に、隼人も一輝も表情を凍らせる。

一瞬にして修羅場を彷彿《ほうふつ》とさせる様々な考えが脳裏を過るも、慌てた様子の伊織がそれらを打ち消すように言葉を被せる。

「いや、告白自体はすぐに断って、それからその先輩とどうこうっていうのはないんだ。ただ、オレがそのことを知ったのが昨日でさ……」

「昨日、夏休み……あ、そのことを秘密にされてたのか」

伊織はどこか釈然としない顔で、少し拗《す》ねたような声色で言葉を続ける。

「そういうこと。既に終わったことだし、器の小さいやつだって思われるかもだけど……例えばだけどさ、もし二階堂さんが誰かに告白されていたとして、そのことをずっと傍に居たにもかかわらず、黙っていられたらどう思う？」

「それは……」

想像力を働かせてみる。

春希の見た目は清楚可憐《せいそかれん》、大和撫子《なでしこ》然とした美少女だ。当然モテそうなものだが、今まで周囲から距離を取っていたこともあり、そういう浮いた話はない。正に高嶺の花《たかねのはな》。以前一輝から仕掛けられた嘘の告白の時の様子を思い返せば、そういったことに対する耐性はないのだろう。

もし、春希が誰かから告白されたとしたらひどく動揺し、ポンコツになる様子が、容易に想像できる。

それは普段隼人の前でしか見せていない、完全に素になってしまった姿で、それを目の当たりにした相手は——と、そこまで考えたところで、胸がドロリとした嫉妬《しっと》と独占欲の混じった醜い感情に襲われ、くしゃりと顔が歪んでしまう。

そんな隼人を見た伊織は、「だろ？」と言って苦笑い。

顔に感情が出てしまった自覚のある隼人は、バツの悪い顔で視線を逸らす。

そして伊織に春希が彼女と同じ扱いをされていたことに気付き、慌てて言い訳のように言葉を紡ぐ。

「別に、春希とはそういうのじゃないだけど、まぁ、確かにそういう大事なことを隠されたらいい気はしないな」

「だよなぁ……幼馴染《おさななじみ》で彼女、恵麻とは些細《ささい》なことでもなんでも話し合える間柄だと思ってたんだけどなぁ……」

「あぁ……」

伊織の言葉に深く同意を示す。

確かに言いにくいことはあるだろう。

7年もの空白の間に、春希ともそういうものができてしまっていた。だけど再会し、かつてと同じように親交を深め、そして目の前の伊織や一輝たちにはおいそれと言えないような秘密も教えてもらっている。

だからこそ伊織の気持ちがよくわかり、「「はぁ」」とため息を重ねる。

結局、ここでも状況を打開する良い案は出てこなかった。

◇◇◇

昼休みの喧騒《けんそう》も遠く、人気もない半ば資材置き場となっている旧校舎。

春希は表情に少しばかり引け目を滲ませ、伊佐美恵麻と共にその廊下を歩いていた。

やがてとある部屋の前で立ち止まる。

そこは元々春希が1人になるための避難場所、今は素の自分を曝《さら》け出《だ》せる、隼人と2人だけの秘密基地。

誰にも話を聞かれない場所として、思いついたのがここだった。

しかしここにきて、伊佐美恵麻をこの場所に招き入れることに迷いがないわけじゃない。

扉へと上げかけた右手が彷徨《さまよ》う。

そもそも自分から人付き合いを避けてきた春希にとって、不得手なことをやっている自覚がある。こういうお節介は柄ではないし、何を話していいかわからない。

伊佐美恵麻の顔色を窺《うかが》うように振り返り――息を呑《の》む。

いつもの明るいものと違って、力なく項垂れ今にも泣きだしそうな迷子のような顔が、どうしてかかつての幼い頃の自分と重なってしまう。

そして脳裏に過るのはかつてのはやと。その笑顔がたちまち、霞《かすみ》のように胸に漂っていた躊躇《ためら》いを吹き飛ばす。

こういう時、はやとならきっと――春希は彼女の手を勢いよく引っ張り、秘密基地へと招き入れた。

「っ！　二階堂さん、ここは……？」

「ようこそ、ボクたちの秘密基地へ！」

「秘密基地……？」

目をぱちくりさせる伊佐美恵麻に、春希はにししと悪戯《いたずら》が成功したかのような笑みを浮かべる。

「そそ、ほら、入学当初騒がれるのがイヤで1人になりたくて作った避難場所」

「あー……」

当時のことを思い返し、納得の声を上げる伊佐美恵麻。そして部屋を見回して、少し遠慮がちに口を開く。

「でも私がここに来て良かったの？　ここって……」

伊佐美恵麻の視線は殺風景な部屋に2つだけあるクッションへと注がれていた。片方が誰のものなのか丸わかりだろう。ここが限られた人との大切な場所だというのは、彼女にも容易に想像が付く。

だけど目の前の少女について思い巡らしてみれば、部活のヘルプに体育や実験などでグループを作る時、学校以外でもバイトに遊びと、春希の高校生活にとって、とっくに欠かせない大事な存在になっていた。

だから春希はジッと彼女の目を見据え、胸の中の想いを零す。

「当たり前だよ。伊佐美——恵麻ちゃんは友達、でしょ？」

「二階堂——春希、ちゃん……」

春希の想いを受けた恵麻は大きく目を見開き、そして互いに顔を見合わせくすくすと笑い合う。

そして春希は「よっ！」と言って勢いよくクッションの上に腰を降ろし、胡坐《あぐら》をかく。

恵麻はそんな教室では見せないあけすけな春希の姿に苦笑を零す。

春希が空いているクッションに座らないの？　と小首を傾げれば、恵麻はフッと何かを観念したかのようなため息を１つ。

隣に座り居住まいを正し、とつとつと言葉を吟味して吐き出した。

「……実は夏休みの練習の時にさ、バスケ部の先輩から告白されたんだよね」

「えっ」

「も、もちろん、すぐにいーちゃんと付き合ってるからって言って断ったよ？　それからその先輩と何もないし、けど、そのことをずっと言えなくて、昨日知られちゃって……」

「それは……」

恵麻は「ギクシャクしてるのは私が悪いんだよね」と言葉を続け、自嘲《じちょう》する。春希としても反応し辛い話だった。

「……」

「……」

しばし沈黙が部屋を支配する。

何ともいえない空気の中、やがて恵麻はポツリと言葉を零す。

「……私さ、実は中学3年の頃孤立してたんだ」

「へ？」

いきなりの重い秘密の告白に素《す》っ頓狂《とんきょう》な声を上げ、目を瞬かせる。いつもクラスで慕われている彼女の姿からは、想像も付かない。

恵麻は窓の外を見上げながら、遠慮がちにかつてのことを語る。

「私って思ったことをズケズケとなんでもそのまま口にしちゃうところがあってさ、それで当時顰蹙《ひんしゅく》買って嫌われちゃって……高校に入ってからは、ちゃんとそのへん気を付けてはいるんだけどね……」

そう言って恵麻は力なく笑う。

「もちろん、先輩のことはいーちゃんに言うつもりだった。だけどその時のことが頭にチラついて、どう言って良いかわからなくなって……それに余計な心配をかけて、このことを言ったことで、今の空気が変わってしまうことが怖くなっちゃって……」

「………」

ふと、もし隼人が見知らぬ誰かに告白されたらと想像してみた。

きっと隼人のことだ、相手にも気を遣い、自分に話さないかもしれない。そう考えると、恵麻の気持ちもわかる。

しかしそのことを内緒にされたらと思うと、伊織の気持ちも痛いほどにわかってしまう。

眉間《みけん》に皺《しわ》が寄る。

「孤立してた頃ってさ、いーちゃんとも疎遠になってた時期なんだよね」

「そう、なの……？」

続く独白に、またも少しばかり困惑する。2人の普段の仲睦《なかむつ》まじさを目の当たりにしているだけに。

「小さい頃はそりゃべったりだったけどさ、ほら、中学に上がる頃にはすっかり男子と女子の溝みたいなのができちゃってて……でもそんな時に言ってくれたんだ。『オレにくらい、なんでもズケズケ言ってもいいだろ。その、昔から慣れてるし』って。それが付き合う切っ掛けになったんだ。だから余計に今の私、最悪だ……」

「恵麻ちゃん……」

そう言って恵麻の顔がくしゃりと歪《ゆが》む。春希も言葉を詰まらせる。

すぐ傍に居て疎遠な時期があって、しかし障害を乗り越え付き合った。

だからこそ、2人の結びつきの強さを感じると共に――ふいにどうしてか隼人と沙紀《さき》に重ねてしまった。自分でもびっくりだった。

すぐさまそれは目の前の恵麻に対して不誠実だと感じ、そのことを追い出すために軽く頭《かぶり》を振る。そして「困ったね」と呟《つぶや》けば、恵麻も「どうしたらいいだろうね」と返すのだった。

その後、恵麻と共に教室に戻る。

昼休みが終わるギリギリになって、隼人と伊織が帰ってきた。全力で走ってきたのか汗だくだ。

授業中、またもノートの切れ端を交わす。

だがお互い事情を聞いたものの、結局どちらも妙案が浮かぶわけではなく、どうしていいかわからない。

恵麻と伊織のギクシャクとした空気は、そのまま放課後まで続いていった。

◇◇◇

この日のバイトの忙しさは、隼人史上最大に熾烈《しれつ》を極めた。

「すまん、４番さんのパフェってなんだっけ？」

「抹茶！　伊織、それは俺が作るからとりあえず２番さんの器を用意してくれ！」

「あの、あんみつの数と種類が……っ」

「伊佐美さん、それ7番さんのじゃなくて9番さんのだから！」

「え、あ、ごめんなさい」

「すまん隼人、2番さんのオーダーなんだっけ？」

「おしるこセット、それぞれ抹茶！　っと、1番さんの食器下げてくる！　伊織そっちはやっぱ俺が後でするから、新規さん案内してくれ！」

「お、おぅ、すまん……」

オーダーミスに、注文の作り間違い、店への案内を待たせるなど、凡ミスを連発する。

今までの2人ならば言葉を交わさずとも阿吽《あうん》の呼吸《こきゅう》で回していた連携が、ズタズタになっていた。

不幸なことに今日のこの時間のバイトは伊織と恵麻の他は隼人1人。春希は文化祭に向けての手伝いに、一輝は部活。

隼人は懸命に各所でフォローに回るものの、なんとか致命的なミスをしないようにするのが精一杯。

足を引っ張っているという自覚があった伊織と恵麻は、なんとか急遽《きゅうきょ》ヘルプに入れないかと他のバイトに声を掛けてくれる。

そして裏口からやってきたヘルプの人たちの「おはようございます～」の挨拶《あいさつ》を聞いた

瞬間、隼人は涙ぐんでしまい、彼女たちに揶揄《からか》われた。なお、伊織と恵麻はその日はそのまま上がりになった。

なんとかバイトを終え今までになくへとへとになった隼人は、さすがに夕食を一から用意する気力がなく、残り物や冷凍、スーパーの総菜で簡単に済ます。

手抜きと文句が出ると思いきや、隼人の疲れ切った顔を見た春希や沙紀、姫子《ひめこ》にも気遣われれば、ついつい今日のバイトの愚痴を零してしまう。

「今日は本当に疲れた……明日《あした》は筋肉痛で声も嗄《か》れそう……」

「お兄さん、バイトそんなに大変だったんですか？」

「あぁ、ヘルプの人が神様に見えたよ」

「あはは。でも隼人、明日も今日と同じシフトじゃなかったっけ？」

「うっ、そうなんだよなぁ。ヘルプで無理を言ったせいで、明日は頼みにくいし」

「じゃあ明日はボクも出られるようにするよ」

「そうか、助かる」

話を聞いていた姫子が、ふと何かに気付いたように訊《たず》ねる。

「はるちゃん、明日バイトなんだ？」

「うん、人手が足りなそうだからね」

「そっか、なるほど」

　やがて夕食を終え、春希と沙紀を見送り、洗い物を終え、リビングでテレビに釘付《くぎづ》けの姫子に「勉強もしろよー」と声を掛けて自分の部屋へ戻る。すると机の上でスマホがグルチャの通知を告げていることに気付く。伊織からだ。

『今日はすまん、助かった！』

　返事に一瞬迷うものの、疲労もあって思ったままのことを返す。

『正直、１人じゃきつかった。ヘルプさんに感謝だな』

『隼人くん、今日はそんなに大変だったのかい？』

『あぁ、今から明日が憂鬱《ゆううつ》なくらいに』

『面目ねぇ……オレも恵麻もあそこまでガタガタになるとは思わなかった。今もなんとかバイトに影響出さないよう連絡は取ってみてるんだけど、上手くいかなくて……』

　それを機にして会話が途切れる。隼人もスマホを手に眉《まゆ》を寄せる。

　力になりたいが、難しい問題だ。隼人にはこうした経験値が足りていない。

　そんな中、一輝がポツリと呟いた言葉に、ますます何て言っていいかわからなくなった。

『僕はちょっと、伊佐美さんが言えなかった気持ち、わかるかも……』

◇◇◇

翌日の教室も、朝からギクシャクした空気が流れていた。

特に昨日と何かが変わることもなく放課後になり、春希たちは連れ立ってバイト先へ向かう。その中にはどうしたわけか一輝もいた。その視線は伊織と恵麻へ向けられ、気にかけている。

ちょくちょくヘルプをしているものの、一輝は正式なバイトじゃない。それに今日は学校を出る際、グラウンドではサッカー部が活動しているのを目にしている。わざわざ部活を休んでこっちへ来たらしい。

春希の怪訝《けげん》な視線に気付いた一輝は渦中の2人に聞かれないよう、小声で事情を話す。

「隼人くんから昨日大変だったって聞いてね。ほらあの様子だとさ、またバイトで何かやらかしそうだし」

「……ふぅん？」

何とも気のなさそうな声色で返事をする。眉間には僅《わず》かばかりの皺。

一輝なりに気を遣っているのだろう。こういう如才ないところが、まるで仮面を被っている時の自らを見ているようで鼻に付き、渋面を作る。

そして一輝の懸念は、ピシャリと当たった。

「3番さん、セットの抹茶がまだかって！」

「うぇ⁉　悪ぃ、今から作る！　……あれ、このあんみつってどこのだ⁉」

「それ、6番さんが変更してかき氷になったやつじゃ……隼人くん！」

「オッケ、それは俺が作るから、伊織は抹茶の用意頼む。一輝、それ持ってってくれ」

「任せて……って、レジと新規さん！　伊佐――二階堂さん！」

「むっ！　……はーい！　いらっしゃいませーっ！」

事前に隼人から話は聞いていたものの、バイトは想像以上の忙しさだった。ベテランであり要でもある伊織と恵麻の連携が取れず、ミスを誘発する。

幸いにして些細《ささい》なものが多く、春希や隼人でもカバーできるものだ。しかしその回数がやたらと多い。

一輝が居たからこそ、なんとか店を回せていた。助かっているものの、ここで部活を休むという選択肢を迷わず取れる一輝を自分と比べてしまい、春希は少しばかり胸をもやもやとさせてしまう。

とはいえ、なんとかピークの波を乗り切る。

店内に残っているのはオーダーを通し終えた2組のみ。キッチンには隼人も入っているし、ひとまず安心だろう。時刻は午後5時前、これからはイートインよりも会社帰りのテイクアウトが活発になる時間帯だ。

「伊織くんに伊佐美さん、ちょっと休憩入ってきたら？」

「すまん、そうさせてもらう」

「ご、ごめんなさい」

機を見計らった一輝が促し、2人もそれに倣う。今日の忙しさの元凶が休憩に入ったことで、春希もホッと息を吐く。

するとその時、入り口からきゃっきゃっと黄色い声が聞こえてきた。

気を緩めた瞬間の来客に、春希は内心うへぇと顔を顰《しか》めつつ笑顔を貼り付け案内に向かえば、そこにいた2人に驚きの声を上げる。

「いらっしゃ――ひめちゃんに沙紀ちゃん!?」

「きゃーっ、やっぱり居た！　見て見て沙紀ちゃん、ここの制服可愛いよね！」

「ふわぁ、すごい、可愛い～！　穂乃香《ほのか》ちゃんたちが騒ぐのもわかる～っ」

やたらテンションの高い姫子と沙紀は、矢羽袴《ばかま》の制服姿の春希を挟んで盛り上がる。

どうやらこの制服を見にやってきたらしい。そういえば昨夜、夕食の席でバイトに行くと言っていたことを思い返す。

しかし、姫子がこの場の微妙な空気を敏感にかぎ取り、こてんと首を傾げる。

「はるちゃん、何かあったの？　昨日忙しいって話だったから、人が少ない時間に来たんだけど……何か問題あった？」

「っ！　え、えーと、その……」

そういえば、バイトが忙しい理由までは説明していない。

ギクリとした春希が言いあぐねていると、一輝と目が合った。すると一輝は苦笑を返し、姫子の下へと向かう。

「姫子ちゃん、実は――」

「一輝さん？」

そして一輝が簡単に事情を説明していく。最初どこか神妙に聞いていた姫子だったが、みるみるうちに剣呑《けんのん》な空気に変わり、そしてやってらんないとばかりに「はあぁぁぁぁっ～～～っ」と特大のため息を吐く。

「……なんすか、それ。夫婦喧嘩《ふうふげんか》は犬も食わないっていうけど、そうですか。かーっ！　あーあーもう、お互い好き過ぎて嫉妬《しっと》し合ってるとか胸焼けしてきましたよ！　おにぃ、あたし渋い抹茶かブラックコーヒーが欲しい！」

姫子がさも下らないといった感じで言い捨てれば、一輝だけでなく他の皆も予想外の反応に呆気《あっけ》に取られてしまう。

そこへ伊織と恵麻がフロアに戻ってくる。

「あ、恵麻さん！　早く謝って」

「ひ、姫子ちゃん、いらっしゃ――え？」

そして姫子はズンズンと大股《おおまた》で恵麻の下へ行き、くるりと恵麻の後ろに回り込み、ぐぐっと背中を押して伊織と向き合わせる。

「2人が変だと、皆も変になっちゃってるよ。恵麻さん、早く彼氏さんに謝って！『心配させるようなこと、黙っていてごめんなさい』、って！」

恵麻はいきなりの姫子の剣幕に面食らったものの、しかしその勢いに押される形で、おずおずと胸の中にある想いを形にしていく。

「え、えっといーちゃん、黙っててごめんなさい。……その、すぐに終わったことだったし、心配させたくなかったからそのことを掘り返してどう言っていいかわからなくて……嫌な気持ちにさせちゃって……本当、ごめんなさい……」

「お、おぅ……」

すると一度謝罪の言葉を口にすれば、それまで澱《おり》のように胸に溜《た》まっていた心の中の引っ掛かっていたものを一気に吐き出し、頭を下げる。

その様子を、腕を組んでうんうんと頷《うなず》いていた姫子だが、未だにポカンと口を開けている伊織を目にすれば、みるみる眉を吊《つ》り上《あ》げていく。

「もぉ、彼氏さんも早く謝って！　『嫉妬して悪かった』、って！」

「っ⁉　え、いや、オレは……」

「言い訳はいいから！　どうせ告白された相手に、もしかして少しでも心が動かされたんじゃ……って、もやもやしてたんでしょ？」

「っ⁉　そ、それはその……」

「もし恵麻さんが少しでも彼氏さんから心移りしたとかあったら、ここまで思い悩まないでしょ？　ほら、早く！」

「ひ、姫子ちゃんっ！」

「っ！　あー……その、妬《や》いて拗《す》ねて悪かった。恵麻は可愛いから、オレも心配して気が気じゃなかったっていうか、心配でたまらなくなっちゃって……」

「い、いーちゃん⁉」

そして姫子に捲《まく》し立《た》てられた伊織も自分の態度を詫《わ》びると共に頭を下げる。

「……くすっ」「……ははっ」

やがて2人の口から笑いが零れ、どちらからともなく手を握り合う。

「ほら、こんなのお互いが好き過ぎたちょっとした行き違いなんだから、素直に話をすればすぐ解決するんだから！」

「「……っ」」

そんな姫子の言葉に2人は息を詰まらせ俯《うつむ》く。他の皆も、店に居た他のお客さえもその様子を微笑ましく見て肩を揺らす。

もはやギクシャクした空気はどこにもなく、絡み合う2人の視線はいつもと、否、いつも以上に熱い空気を出している。

姫子のお手柄だった。

そして、まるで狐に化かされたかのようだった。

昨日からずっと悩んでいた2人を見ていたから、余計に。

伊織と恵麻が済まなそうに、しかし感謝の意を込めた視線を姫子に向けると、それを受けた姫子は、どういうことか後悔の色を滲《にじ》ませた笑みを返す。

伊織と恵麻だけでなく、春希も思わず息を呑《の》む。姫子の纏《まと》う空気が変わる。

「思ってることとってね、言葉にしないとちゃんと伝わらないんですよ？」

そして姫子は、何かの痛みを堪えるようにして言葉を零す。

やけに大人びた表情だった。先ほどまで普段と同じはしゃいだ姿を見せていたから、なおさら。

「姫子ちゃん……」

「妹ちゃん……」


「あたしもちゃんと言えなくて後悔したり、言えなくて誰かを傷付けたりしたことがあるんです」

やけに実感の籠《こ》もった言葉だった。

春希は意外に思いつつも他の皆同様、姫子から目が離せない。

「引っ越しの時だって沙紀ちゃんに直前まで言えなくて……ようやく告げた時には鼻水と涙で顔をぐしゃぐしゃにして大泣きして、おにぃにもって――んがっ⁉」

「わ～っ！　姫ちゃん、すと～っぷ！　そのこと、それ以上すと～っぷ！」

そして当時の沙紀の恥ずかしいことを口走ろうとした姫子は、顔を羞恥《しゅうち》で真っ赤にした当の沙紀に口を塞《ふさ》がれる。涙目だった。

やがて沙紀に怒られごめんなさいと頭を下げた姫子は、改めて伊織と恵麻に向き直る。

「てわけで、恵麻さんたちも秋祭りに行きましょうよ！　あそこの絵馬のジンクス、知ってます？」

「えっと、想いを重ねて願掛けすると、叶《かな》うってやつ？」

「そうそう、それそれ！　今日のことで今後すれ違わない、って書けば丁度いいじゃないですか！」

「た、確かにそうかも」

「あ、それから浴衣《ゆかた》！　お祭りには浴衣が必須《ひっす》ですよ、買いに行きましょうよ！」

そしてどんどん予定も決まっていく。見事な手腕だった。

（ひめちゃん、昔はボクたちの後ろを付いてきただけだったのになぁ）

この一連の流れを傍観していた春希は、ふと姫子のことに思い巡らす。

するとその時、店内から「すいませーん、お会計ー」という声が聞こえてきた。

いち早く我に返った隼人が「はい、ただいまー」と言ってレジに向かう。

気付けば、随分入り口付近で話し込んでしまっていたようだった。

「っと、妹ちゃんたちを席に案内しないとな。よし、今日は何でも1つ好きなの頼んでくれ。オレが奢《おご》るよ」

「え、ホントですか？　やたーっ！　それ、一番高い『銘菓尽くし雅』でも!?」

「ひ、姫ちゃん～、いくらなんでもそれは……」

「わっはっは、どんとこい！　巫女《みこ》ちゃんも遠慮しないでくれよな！」

「ふぇっ⁉」

「ふふっ、じゃあ席に案内するね」

そして恵麻に案内される後ろ姿を見ていると、ふいに一輝の独り言が聞こえてきた。

「姫子ちゃんって、すごいね……」

その目は眩《まぶ》しいものを見るかのように細められており、声には憧憬《しょうけい》の色が含まれている。

「海童……？」

「っ⁉」

怪訝《けげん》に思った春希が名前を呼べば、一輝はその時になって初めて声を漏らしたことに気付いたようだった。そして目を大きく見開き瞬かせ、少しばかりの早口を展開させる。

「ほらその、僕たちがアレだけ手こずっていたことをあっさりと解決しちゃってさ」

「それは、そうだけど……」

「さて、僕は7番さんのテーブルの片づけに行ってくるね！」

「あっ……」

そして一輝は何かを誤魔化し、逃げるようにこの場を去っていく。

後に残された春希は、なんとも釈然としない表情を浮かべるのだった。

第3話　上手く言えなくて

少しだけ欠けた十三夜の月が中天に掛かる、夜半近く。

都会の幹線道路は、それでも車やトラックが活発に行き交っている。

そこからほど近くにある5階建ての単身者向けマンションの一室。沙紀《さき》はベッドに寝転びながらグルチャをしていた。

『まだまだ暑いけれど、秋祭り、だから！　浴衣の柄もそれに合わせた方がいいよねー』

『ボクも色々調べてみたけれど、秋浴衣コーデとか特集組まれてるの目にしたよ』

『でも明日《あした》行くのって、夏の売り尽くしセールだよね？　秋っぽいのあるかな〜？』

『あってもすぐになくなりそう……そう、つまりこれは戦争よ！』

『ボク、急にお腹痛くなってきたかも』

『はるちゃん、それ寝ればすぐ治るやつだから。明日はおうちまで迎えに行こうか？』

『みゃっ!?』

「……ふふっ」

そんなやり取りを見ながら笑みを零し、ゴロリと寝返りを打つ。

いつもと変わらぬグルチャでのやり取りだが、夏休み前と違って会話の内容も、姫子《ひめこ》や春希《はるき》との距離の近さを感じるようになっていた。

きっとそれは、明日一緒に遊ぶことについての話題や買い物など、実際に顔を合わせることが前提の話題だからなのかもしれない。

そしてふと、窓の外から霧島《きりしま》家のあるマンションの方を眺め、手を伸ばす。

今居るこの場所は、その気になれば今すぐ歩いていけるほど、物理的にも距離が近い。

『わ、サンダルとか水着とか、他の夏物アイテムもあるみたい！』

『でもひめちゃん、さすがにそれはもう使わないいんじゃない？　それに来年になると流行《はや》りも変わっちゃうだろうしさ』

『うっ、ぐぬぬ……』

スマホの中では話題が浴衣から他のものに変わっていた。ついでに攻守も交代しているようだ。

沙紀は2人のじゃれ合いに苦笑しつつ、検索サイトを立ち上げ《浴衣》と打ち込む。

するとたちまち画面に出てくるいくつもの色とりどりな柄を見ながら、眉《まゆ》を寄せてポッリと呟《つぶや》く。

「……どういうのがいいかなぁ」

普段寝巻に使っているものとは違う、こうした浴衣を選ぶというのは初めてだった。服とも勝手が違い、どう選んでいいかわからない。それでも、できることなら可愛いと思ってもらいたいし、似合っていると褒めて欲しい。

逡巡《しゅんじゅん》し、一呼吸。

身体を起こして姿見の前に立つ。

そこに映るのは当然、おさげ姿の見慣れた自分の姿。

しばしジッと見つめた後おさげを解けば、ふぁさっと少し三つ編みで癖付いた髪先が肩甲骨に掛かる。

「たしか、こうだっけ……」

沙紀はたどたどしい手付きで髪をハーフアップ盛りにしていく。先日買い物に行った時、偶然出会った女の子にしてもらった髪型だ。

拙い形であるがしかし、鏡の中の自分のイメージはガラリと変わっていた。少しばかり気恥ずかしさからはにかむ。

だけどこんな自分も、悪くはないなと思う。

もしこの髪型で隼人《はやと》の目の前に立てば、どんな反応をするだろうか？　その時のことを想像すると、そわそわと落ち着かない。

そして机の上に置かれている真新しいコスメグッズを見て、むむむと唸《うな》る。先日皆で買い物に行った時、姫子や春希に勧められるまま買ったものだ。

ふと考える。

どうせなら髪型だけでなく、メイクもしっかりと決めて驚かせたいと思う。

今度は検索サイトで《メイク　初心者　中学生》と打ち込み、表示された結果に《垢抜《あかぬ》け》という文字を目敏く見つけ、タップする。

記事を読み進めながらコスメグッズを取り出し睨《にら》めっこ。初めて目にする固有名詞に翻《ほん》弄《ろう》され、どれがどうだかなかなかわからず、あたふたしてしまう。

そういえばこの髪型を教えてくれた名前も知らない彼女は、メイクもバッチリと決まっていた。

元の地味だった頃の写真を見せてもらっていただけに、そのスキルが如何《いか》にすごいかがよくわかり、どうすればいいかメイクのコツを乞《こ》いたいと思う。

それから同時に、『私も好きな人がいるんです』と言っていたことを思い返す。

きっと彼女が変わったのは、想い人に振り向いて欲しくて努力したのだろう。

あの時彼女は騒ぎに巻き込まれ、いつの間にか姿を消していた。

ほんの、ただの偶然の出会い。

しかしどうしてか彼女のことが他人事《ひとごと》とは思えず、気にかかってしまう。

だから沙紀は、胸にある願望を無意識に零す。

「……もう一度、会えたらいいなぁ」

◇◇◇

都心部から少し離れた郊外にある再開発エリア。

きっちりと区画整理された閑静な住宅街は、深まる夜に溶けていくかのように、灯りの数を減らしている。

その中でわずかに点っている家のリビングで、一輝《かずき》はソファーに腰掛けながら上機嫌でスマホを弄っていた。グルチャで盛り上がっている話題は、明日皆で買いに行く浴衣について。

『……はぁ、姫子に全員浴衣じゃないとダメだからねって念押しされてるよ』

『オレも恵麻《えま》から、一緒に浴衣着て絵馬を奉納するからこそご利益がどうこうって』

『まぁまぁ、明日は僕たちも僕たちで選べばいいよ』

『と言われてもな……どれを選べばいいか、そもそもどんなのがあるのかわからないし』

『女の子の方は華やかなのが色々あるよな。って、そうそうオレさ、実はこういうデザインのとかって好きなんだよね』

そう言って伊織《いおり》は画像ファイルを貼り付ける。派手な柄で肩までざっくりと開かれ、帯は前の方で盛りに盛られた花魁《おいらん》を彷彿《ほうふつ》とさせるもの。もしこれを着て祭りで出歩こうものなら、周囲の視線を集めることだろう、大胆なデザインだった。

さてどう反応したものか……言葉を吟味していると、隼人の返事が書き込まれる。

『なんていうか、かなり華やかで着る人を選びそうだな』

『ははっ、だよなー。でもたまにこういうのを着てる子とか見かけるよな？』

『そういえば僕の姉さん、去年これに近いような感じのもの着てたよ』

『マジか⁉　一輝のねーちゃんすごいな、うちのねーちゃんは……ねぇわ、何か違う……隼人の言う通り、人を選ぶな……』

画面の向こうでうげぇと顔を顰《しか》めてそうな伊織の顔を想像し、くつくつと肩を揺らす。

繰り広げられているのは、よくある気の置けない友人同士のやり取りだろう。

しかし半年前には、想像も付かなかったやり取りだった。高校では適度に他人と距離を取り、のらりくらりと上手くやろうと思っていたから、なおさら。

　きっと入学当初の自分に言っても、信じないことだろう。

『しかし一輝の姉さん、こういうのを着こなすのか……身近にそういうタイプの人っていなかったから、どういう人なのか思い浮かびそうで思い浮かばないな』

『あはは、けど伊佐美《いさみ》さんもスポーツ少女だけあって均整の取れた身体のラインをしているし、こういう感じのものも案外似合うと思うよ？』

『むっ……一輝にそう言われると、そんな気もしてきた』

『……身内で着こなしている人がいるだけに、説得力があるな』

『だよなー。オレ、正直こんなデザインの着こなせるのなんて、ＭＯＭＯくらいじゃないと無理だと思っていたぜ』

「っ！」

　ＭＯＭＯ。

　いきなり姉の芸名を出され、一輝はドキリと胸が跳ねる。

『ＭＯＭＯ？　誰だそれ……一輝、知ってるか？』

『えぇっと、モデルだよ。僕たちの世代の女の子たちに人気の、ね』

『そうそう、よく知ってるな一輝。恵麻の持ってる雑誌にちょくちょく出ててさ、それで。

まぁ、とても華がある子だよな。存在感もすごいというか、とにかく人目を惹《ひ》く』

『へぇ、姫子とか詳しそうだな』

なんとも気まずさを感じる。そして少しばかりの負い目も。

だから一輝は話題を少々強引に変えた。

『それよりも伊織くん、こういうのが好みってことは、明日伊佐美さんにはこういうのを買って欲しいのかい？』

『いやぁ、見てみたい気持ちはあるけどさ、さすがにこれは目立ちすぎだろ。ほぼコスプレじゃん』

『でも伊織、こういうのが好きって言っておくことに意味があるんじゃないか？　その、今回のことのようにさ、言わなきゃ伝わらないってことあるから。俺もさ、春希に教えてもらうまで茄子《なす》が嫌いだってこと知らなかったよ。けど食わず嫌いだったようで今じゃ揚げびたしとか好んでリクエストしてくるしな』

『あー……そっか、そうだよな。ったく、妹ちゃんに教えられたばかりだった』

「……」

今日の、御菓子司《おかしつかさ》しろでの姫子のことを思い返す。

アレだけ手をこまねいていた伊織と恵麻のギクシャクした空気を、まっすぐな言葉で吹き飛ばしていく様は痛快ですらあり、強い憧憬《しょうけい》のようなものを抱かせた。

そう、隼人と出会った頃、まっすぐな言葉をぶつけられた時と同じように。

だから一輝は胸の内に湧き上がった思いをそのままグルチャに書き込んでいく。

『姫子ちゃんって、やっぱり隼人くんの妹だよね。本当、よく似てるよ』

『は？　ちょっと待て一輝、それは承服しかねる』

『……いや、結構色々似ていると思うぞ。特に性格面で』

『伊織まで!?』

心外だとばかりの顔をする隼人が目に浮かぶようだった。

その後も『新商品とかセール品に飛びつくところとか』『今日食べ過ぎて体重がーって叫び声を上げてるのと一緒にされたくない』といったやり取りが繰り広げられている。

一輝はしばらく2人のやり取りを眺めた後、スマホから顔を上げ天井を仰ぎ、ソファーにもたれかかり大きく息を吐く。

どうしてか胸の中には、燻《くすぶ》っているものがあった。

目を閉じれば、ほんの少し表情を曇らせた姫子の顔が思い浮かぶ。

「ちゃんと言えなくて後悔したことがある、か……」

その時の言葉が、隼人にはない陰りを感じさせる表情が、やけに引っかかっている。

そしてプールの時、同じような表情で言った『好きな人がいたんです』という言葉を思い返せば、やけに胸が疼《うず》き出す。

どうしてかはわからない。

だけどその感情は、直感的にあまりよくないことだと思い、頭から追い出すようにして頭《かぶり》を振り、立ち上がる。気持ちを切り替えようとキッチンに向かい、エスプレッソマシンを起動させる。

するとその時、ふいに声を掛けられた。

「一輝？」

声の方へと視線を向ければ姉、百花《ももか》。タンクトップにホットパンツでぼりぼりとお腹を掻《か》いており、髪だってボサボサで緩みに緩み切った人様にはお見せできない姿だ。思わず眉《まゆ》を寄せ苦笑を零す。

「姉さん……何か飲もうと思ってさ。姉さんも何か飲む？」

「ん、じゃあいつもの」

「はいはい」

姉の言ういつものの、気持ちミルク多めのカフェラテを用意し始める。

百花はゴロリとソファーでだらしなく寝そべり、テレビを点けたかと思うと次々とチャンネルを変えていく。やがてネットの動画サイトへ接続し、眺めることしばし。つまらなそうな声色で呟く。

「面白そうなのない……」

「そりゃ、深夜だしね。動画の方は？」

「サメ特集。ある意味、興味はそそる。ひまわり畑のサメVSチュパカブラとか」

「……あはは」

一輝は乾いた笑みを浮かべつつ、出来上がったカフェラテを姉の前にあるローテーブルに置いた。

すると百花は返事の代わりにジッと一輝の目を見つめ、少し言い辛そうに口を開く。

「一輝の話を聞く方が面白そうかも。……もしかして気になる友達と何かあった？」

「っ!?」

姉の言葉にピシャリと表情を強張らせる。

百花の瞳《ひとみ》には確信の色が湛《たた》えられており、その視線が一輝を射貫く。

思わず後ずさりそうになるも、内心の動揺を悟られまいと平静を装い、言葉を返す。

「どうして？」

「……なんか前の時と似た、ちょっと辛そうな顔してたから」

そう言って百花は睫毛《まつげ》を伏せ、顔を逸らす。一輝は息を呑《の》み、目をぱちくりとさせる。前の時。

手酷い裏切りを受けた時のこと。

どうやら百花は姉なりに、弟のことを心配しているらしい。

だから一輝は努めて明るく優しい声色で言葉を紡ぐ。

「大丈夫、そういうのはないよ。ついさっきだって、皆で浴衣《ゆかた》着て秋祭りに行こうって話をしていてさ。浴衣なんて初めてだから、どういうのがいいのか迷っちゃって、それで」

「……そう」

「明日《あした》、一緒に買いに行くんだ。まだ調べている最中だから、それじゃ」

「…………」

それだけ少し早口で告げて、自分の分のカフェラテを持ってリビングを後にする。

……少し、言い訳じみた自覚はあった。

◇◇◇

日付も変わり、家族も寝静まった頃。

すっぴんで髪をひっつめ眼鏡をかけた愛梨《あいり》は、未だ自室の机の上に教材を広げ、勉強に取り組んでいた。しかし手にしたシャーペンは微動だにせず、ノートにも空白が多い。愛梨の表情は険しく、時折「はぁ」と悩まし気なため息を漏らす。

やがてノートにぐちゃぐちゃとミミズののたくったようにシャーペンを走らせては消して、ぐりぐりと左手でこめかみを押さえる。問題が難しいというより、集中できていないという様子だ。

そしてここのところ、愛梨は毎日こんな調子だった。

胸の傷がやけに疼く。

海童《かいどう》一輝。

かつて男避けとして、愛梨の契約上の彼氏になってくれた相手。

最初は義憤だった。

この不器用で人がいい、そしてバカな一輝が不当に貶《おとし》められているのが気に入らなくて、見た目が変わっただけで媚《こび》を売りすり寄ってくるやつらが許せなくて、そんな周囲を見返したくて。

一輝が本当は、素敵なやつなんだぞと知らしめたくて。

そんな打算からの欺瞞《ぎまん》的な交際《契約》。

彼氏役としての一輝は理想的だった。

学校でも、放課後でも、近くの店でも。

愛梨が望むことに応えてくれ、傍目にも理想のカップルのように映ったことだろう。周囲にそれ見たことかという思いがなかったといえば嘘になる。

そんな一輝の隣にいるからにはと、自分磨きにも余念がなかった。

しかし中学の卒業式の時、一輝に告げられた言葉を思い返す。

『これで契約完了、だね。高校は別の少し遠いところに通うことにしたし、もうこれで愛梨を縛ることもないよ。今日までありがとう』

事務的な別れの表明、その確認。

結局愛梨の独り相撲だったのだろう。

利用しただけ。

浮かれていたのかもしれない。

ちゃんと一輝と向き合っていなかったのだ。

その時初めていつも傍で浮かべていた一輝の笑顔が、仮面のように作ったものだということに気付く。その瞳には愛梨も何も映さず諦観《ていかん》で濁っていたのをよく覚えている。きっと、仮初の恋人をしていた時も、ずっと。

そして痛む胸と共に理解する。

あの日、愛梨が初めて話しかけられた時と同じ本当の笑顔が見たかったのだと。

自分じゃそれを引き出すこともできなかったのだと。

それと同時に、明確に一輝への恋心を自覚した。

「どうして、私は……うん？」

するとその時、スマホがメッセージの通知を告げた。

随分遅い時間に誰だろうと思って画面を覗《のぞ》けば、百花の名前。

マイペースな百花は、こんな時間帯に連絡してくることも珍しいことじゃない。

しかもその内容も面白い動画を見つけたとか、美味《おい》しそうなパンケーキの店が特集されていたから行ってみたいだとか、他愛のないモノが多い。たまに打ち合わせの時間や場所がうろ覚えで掛けてくることも。

さて、今回は一体どうしたのだろうと眉を寄せてスマホの画面を開くと、そこに書かれていた意外な文面に息を呑んだ。

『ちょっと、一輝のことで相談いい？』

思考が一瞬、真っ白になる。ついさっきまで一輝のことを考えていたから、余計に。

今まで一輝のことで相談することはあれど、百花からされるということはなかった。だから、その内容が想像もつかない。

震える指先で『一体な』『珍しいこ』と途中まで打ち込んでは消す。ぐるぐると思考は空回り、何て返していいかわからない。

やがて愛梨は胸に手を当て、込み上げてくる焦燥感に急かされるようにして通話をタップした。

『…………やほー、あいりん』

「ももっち先輩、カズキチに何があったんです？」

『あーうん、それうちの勘違いかもしれんくてね、うーん、な感じだけど』

「ももっち先輩っ！」

『っ！』

スマホ越しに聞こえた、百花の息を呑む声で我に返る。

自分で思っていた以上に焦れていたらしく、言い辛そうにしてなかなか本題に入らない珍しい百花の態度に、大きな声を出してしまったことに気付く。

「……」

『……』

なんともバツの悪い沈黙が流れる。

それだけ愛梨も自分で思っている以上にやきもきしていたのだろう。

今度は愛梨が「えっと」「その」と口の中で言葉を転がし、ゆっくりと言葉を紡ぐ。

「……何かあったんですか？」

『特に何も……うちの杞憂《きゆう》とは思うのだけど……』

「どういうことです？」

『あーうん、ちょっと辛そうな顔をしてた。……あの時みたいに』

「……え？」

『もしかして高校の友達にイジメられてるとか――』

「――それは絶対にないです、ありえない」

それ以上は言わせないと、遮るようにして発言を重ねる。

実際に一輝の友達と言葉を交わした感想から、彼の友達は誰かを貶めるような人じゃなかった。一輝の最近の顔を見ても、それがわかる。

その友達だけじゃない。

先日偶然彼らと出会い、酔っ払いに絡まれた時のことを思い返す。

あの時の一輝からは友達への確固たる信頼と心からの笑み、中学の頃でさえ見たことのないものを見て取れた。

そう、それは愛梨では、偽りのカノジョでは引き出せなかった表情だ。

きっと。

彼らとの関係が本物だからなのだろう。

そしてあの時、好きな人がいるという女の子のことが脳裏を過る。

まっすぐな子だった。

彼女ならきっと自分と違って、伝えるべき言葉を間違えないだろう。

その相手は一体誰だろうか――そこまで考えた時、ズキリと胸に痛みが走る。

身体中をまさか、ともしかして、がぐるぐると駆け巡り、胸の中を言いようのない不安と焦燥感で埋め尽くしていく。

なんとかしたい思いに駆られるが、しかし元カノジョという事実が重しとなって伸し掛かる。そんな愛梨に、百花がやけに真剣な声色で訴えた。

『うち、一輝の友達に会ってみたい』

第4話　秘密にしていたこと

週末は秋とは名ばかりの、残暑という言葉がぴったりな汗ばむ陽気だった。

駅へと続く道ではアスファルトからゆらゆらと陽炎《かげろう》が立ち上り、生ぬるい風が頬を撫《な》でる。

「あっちぃ……」

隼人《はやと》は青く高い空の中天で、夏の残滓《ざんし》を全て吐き出さんと熱気を振《ふ》り撒《ま》く太陽を忌まわし気にねめつけ、額に浮いた汗を拭《ぬぐ》う。

休日の駅前は多くの人が忙しなく行き交う。

だから特に待ち合わせ場所を決めていなくても、立ち止まっているだけでも人目を引く。

券売機の近くでスマホを片手にキョロキョロと周囲を窺《うかが》う春希《はるき》を見つけた隼人は、ここにいるぞと片手を挙げながら声を掛けた。

「春希、お待たせ」

「あ、隼人……って1人？　ひめちゃんと沙紀《さき》ちゃんは？」

「おぅ、なんかすることがあるとかで現地で待ち合わせだってさ」

「ふぅん？」

「とりあえず電車乗ろうぜ……っと、その前に切符買ってくる」

切符を買い、改札を抜けると同時に電車がやってきた。

既にホームに入っていた春希に急かされる形で電車に飛び乗る。

休日の車内はまばらに空いている席はあるものの、微妙に2人分の空きはなく、そのままドア付近で手すりを掴《つか》み一息吐く。

「ふぅ、間に合った」

「ひめちゃんじゃないけどさ、隼人はICカードとか作らないの？　ボクのアプリだとポイント付いたりするし」

「うーん、それは……」

春希からきょとんと首を傾げられ、ガリガリと頭を掻《か》く。

何度か言われていることだけど、特に理由はない。買い物ではいくら使ってどれだけ残っているか視認しやすい現金の方が好ましいし、バイトや見舞いでは電車賃をケチって徒歩なので、そもそも使う機会がない。あと、まだよくわかっていないから、不正アクセスとかその辺りは大丈夫かなと警戒しているというのもある。

さてどう言ったものかと顔を顰《しか》めていると、春希が怪訝《けげん》な表情で見つめてきた。

「もしかして原付買うから？　だから電車は別に、って感じ？」

「いや、それは違う。普段電車使わないから別になくてもいいかなぁって」

「あったらあったで便利だし、作るだけ作っておけばいいのに」

「まぁ、そうかもしれないけどさ、めんどくさくって」

あははと曖昧《あいまい》に笑って誤魔化す隼人。

しかし春希は眉《まゆ》を顰め、問いかける。

「普段使わない、といったら原付もじゃない？」

「む、確かにな。普段歩いていける距離に色んな店があるし、駐輪場だって限られてる。おまけに維持費もかかるし、出掛ける時は電車を使った方が安いし便利だな」

「わ、隼人自分で言ってて夢がないぞー」

「ははっ、でもさ――」

そこで言葉を区切り、窓の外へと目線を移す。

すると雲1つない晴天の西空の下に、富士山が見えた。

それを瞳《ひとみ》に映しながら、胸の内を零す。

「もし原付があればさ、今日みたいな日にふらりとあそこまで行けるなって思うとさ、わくわくしてこないか？」

大した理屈じゃない。子供っぽいことを言っている自覚もあった。それに果たして1人でそこまで行けるかどうかも疑問だ。

いわばその気になったら、どこにでも行けるんだというお守りみたいなもの。

——もし大切な誰かがどこかで何かあったとして、すぐに駆け付けられるように。

だから隼人があははと照れくさそうに笑っていると、春希も同じように富士山を見つめて呟《つぶや》く。

「そっか——くしゅっ！」

その時、春希が可愛らしいくしゃみをした。

「大丈夫か？」

「ん、平気。ここ、冷房が直接当たるみたいでさ。羽織るものあるし」

腕をさする春希はカジュアルなノースリーブのカットソーとチェック柄スカートといった、隼人と同じく夏の装いだ。しかし手には薄手のジャケットを持っており、それを羽織ってくるりと目の前で回る。

「どう？　こないだひめちゃんたちと買ったやつ」

「……なんていうか、一気に秋らしくなった」

「でしょ？　今日は暑いから、羽織るものでねって」

「ふぅん？」

その辺りも含めて女子は着る物を考えるのも大変そうだな、と思って素っ気ない返事をすると、春希は肩を竦《すく》めて諭すように言う。

「隼人もオシャレしてみたらいいのに」

「と、言われてもな……特に困ってないし」

「んー、いつもと違う格好すると、周囲の反応も変わって楽しいよ？　隼人だって結構驚いてくれるしさ」

「むぅ」

確かに再会して以来、ことあるごとに色んな姿を見せる春希には驚かされることも多い。ただし、そこには揶揄《からか》いの色が多分に含まれているのもわかっており、少しばかり眉を寄せる。

春希を驚かせるために、オシャレをしている自分を想像してみる。

しかし今までオシャレとは無縁の生活をしてきた隼人の想像力では、せいぜい羊の着ぐるみを着た自分が出てくる程度。さすがに驚かす方向性が間違えていることもわかる。ますます眉間《みけん》の皺《しわ》を増やす。春希もそんな隼人の顔を見て苦笑い。

やがてそうこうしているうちに目的の駅へと着く。

相変わらず巨大で縦にも横にも複雑に入り組んだ駅構内を、多くの人が流れを作り、それぞれの行き先へと向かっている。

今日の待ち合わせ場所はいつもの鳥のオブジェではなく、駅構内に併設された百貨店のエントランスだった。姫子《ひめこ》からのお達しだ。

ここを訪れるのは何回目だろうか？　まだまだ駅構内の全容は摑めていないものの、初めての場所でも案内板に従い人波に身を任せスムーズに目指すことができるくらいには、都会には慣れてきている。

目的地にはすんなりと着いた。

誰か来ているかなと周囲に視線を走らせていると、背後から「やぁ」と声を掛けられた。

「隼人くん、二階堂《にかいどう》さん」

「よ、一輝」

振り返ると一輝が少し慌てた様子で駆け寄ってくる。その背後には、残念そうな顔をする少し年上と思しき派手な女性。ホッとした表情をしているところを見るに、どうやら彼女から逃げてきたらしい。

隼人と春希は、あぁまたかと顔を見合わせて苦笑を零す。

「相変わらず大変そうだな」

「あはは、困ったもんだよ。それに二階堂さんだって、1人で出歩けばよく声を掛けられるんじゃない？」

「ボクはそんな迂闊《うかつ》な事態にならないようにしてるからね」

「あぁ、春希は基本引きこもりで外に出ないもんな」

「隼人ーっ⁉」

「あはは、相変わらず仲がいいね」

春希が裏切られたとばかりに声を上げれば、一輝は目を丸くした後、にこりと笑う。そしてひとしきり笑った後、周囲を見回して訊《たず》ねる。

「っと、2人だけかい？」

「あぁ、俺たちも今来たところ――お？」

するとその時、街の方からやってくる人の中に伊織《いおり》と恵麻《えま》の姿を捉《とら》えた。

隼人はここだぞと手を上げるが途中で止め、口にしかけた言葉も呑《の》み込む。

「お揃《そろ》い、初めて」

「ちょっと恥ずかしい」

「でも嬉《うれ》しい」

「……オレも」

「えへへ」

「ふふっ」

2人は手を繋《つな》ぎながら、片言で甘ったるい言葉を交わしていた。今までの2人からしてみれば大きな変化であり、進展だ。きっと先日の件で、思いを言葉にして伝えることの重要性を痛感したからだろう。

伊織と恵麻がしきりに互いの鞄《かばん》に取り付けられたお揃いの亀のキーホルダーを手にとっては赤くなった顔を緩めて、目が合ってはそっぽを向いていることにも気付く。どうやら先にやってきて買ってきたらしい。

とにかくラブラブだった。仲睦《なかむつ》まじい様子は友人として祝福したいという思いがあるがしかし、見ているだけでも胸焼けするくらいの甘ったるい空気を振り撒いている。

……思わず声を掛けるのを躊躇《ためら》ってしまうほどに。

頬を引き攣らせた隼人が、どうしようかと春希と一輝に顔を向ければ、口の中が甘くてたまらないといった顔で肩を竦められる。

「――ぁ」

「っ⁉」

「よ、よぅ」

その時、伊織と目があった。

するとたちまち伊織の顔に羞恥《しゅうち》の色が加わっていき、恵麻も「これは、その……」と言って頬にもう片方の手を当て、身を捩《よじ》らす。隼人も何とも言えない苦笑いを返す。

何とも気まずい空気が流れる。

するとその時、「あーっ！」というやけにテンションの高い声が上がったかと思うと、百貨店の方から現れた姫子が、たちまち伊織と恵麻目掛けて突撃していく。

「きゃーっ、ラブラブ！　恵麻さんラブラブ！　やん、それって恋人繋ぎですよね⁉」

「っ！　妹ちゃん⁉」「ひ、姫子ちゃん⁉　こ、これはそのっ……」

「わ、もしかして鞄のそれ、お揃い⁉　ペア⁉」

「こ、これはいーちゃんがお揃いの何か身に着けようって言ってくれて……」

「あ、ちょ、恵麻⁉」

「きゃーっ！」

恵麻の言葉でより一層、興奮のボルテージを上げる姫子。

恥ずかしがりながらも満更でもない恵麻に、たじたじになる伊織。

隼人たちはそんな様子を見て、顔を見合わせ苦笑い。

そういえばあと1人、沙紀の姿が見当たらないことに気付く。姫子と一緒のはずじゃと首を捻《ひね》っていると「姫ちゃん待ってよぅ〜」という、少し焦った沙紀の声が聞こえてきた。どうやら伊織と恵麻たちを見つけた姫子が、我先に駆け出したようだ。

隼人はそんな妹の行動に頭を痛めつつ沙紀の声がした方へ視線を向ける。

「沙紀さ……え？」

そして思わず変な声が出た。こちらにやってきた女の子を見て、信じられないとばかりにポカンと口を開けたまま、目を白黒させると共に瞬かせる。

「姫ちゃんったら、もぅ……あ、私たちが最後みたいですね。お待たせしましたか？」

「いや、それは……」

沙紀、だとは思う。声も同じだ。しかし不躾《ぶしつけ》だと思いつつも、ついジロジロと見てしまう。

少しぷくりと不満気に頬を膨らませている目の前の少女は、おっとりとして大人しい雰囲気の沙紀とは真逆の、華やかな姿。

亜麻色の波打つ髪をハーフアップにして盛り、ニットのオフショルダーとミニスカートから覗《のぞ》く、普段は隠されている白く透き通るような華奢《きやしや》な肩やスラリとした太ももは目に

も眩《まぶ》しい。まるで見てはいけないものを見ている気持ちになってしまう。メイクだってばっちり決まっており、鼻筋がいつもよりくっきりと際立ち、より一層華やかさを演出している。

まるで都会を体現したかのような、垢抜《あかぬ》けて洗練された、綺麗《きれい》な女の子だった。

思わずそのまま言葉もなく見入ってしまう。隼人だけでなく、春希も。そして一輝も。

すると沙紀はそんな隼人たちの反応を見て不安に思ったのか、みるみる表情を陰らせていく。

「その、変……ですか？」

「っ！　あ、えっと……」

そんな愁いを帯びた沙紀の声で我に返った隼人は、慌てて言葉を紡ぐ。

「えっと、驚いた。髪型もいつもと雰囲気違ってよく似合っているし、その、服も今までの雰囲気とは違うけど、華やかで、いいと思い、ます」

いつものように言っているつもりなのだが、どうしてかしどろもどろになってしまった。

「っ！　ありがとうございます！　やたっ！」

しかし沙紀は隼人の言葉にみるみる顔を綻《ほころ》ばせ、子供のように胸の前で握りこぶしを作って喜び身体を揺らす。

心臓は動揺か、はたまた別種のものか、先ほどからけたたましく鳴り響き、胸では今まで隼人が感じたことのない感情が渦巻く。

顔が赤くなっている自覚がある隼人は、気恥ずかしさからそっと目を逸らせば、春希と目が合った。

「ね、隼人。オシャレってすごいでしょ？」

「そう、だな……」

そして春希はにぱっと笑顔を見せて沙紀へと向き直る。

「沙紀ちゃんそれ、すっごくかわいいよ！　似合ってる！」

「えへへ、ちょっと色々挑戦してみました。せっかく都会にやってきたんだしってね～」

「うんうん、いつもと全然違うイメージだけど、そういう感じのもいいね！　ギャップもあってさ、さっきの隼人じゃないけど、ビックリして何て言っていいかわかんなくなっちゃったよ」

「あはっ、じゃあドッキリさせるの成功ですね！」

そう言って沙紀ははにかみながら、くるりと身を翻す。

平静を取り戻した一輝も沙紀へと言葉を掛ける。

「村尾《むらお》さん、とても似合ってる。すごく驚いたよ。それだけ見違えるようになったら、気持ちもすっごく変わったんじゃない？」

「っ！　そうです！　なんだかいつもよりウキウキしていると言いますか、気持ちが昂《たかぶ》って自分が自分じゃないと言いますか……っ」

「見た目に引っ張られて、自分も変わった感じ？」

「そんな感じです！」

「……昔、そうやってなりたい自分になれた子がいてね。村尾さんも、なりたい自分があったりするの？」

「ふぇっ⁉」

今度は沙紀が目を瞬かせる番だった。

沙紀がおろおろとしながらこちらの方に視線をちらちら向けつつ「えっと」「その」といった言葉を口の中で転がす一方で、一輝がにこにこと微笑ましくしているのは、はたして見守っているのだか、弄っているのだか。

見かねた隼人が助け船を出す。

「とりあえず、会場向かおうか」

日曜日の都心部ともなれば、遊びや買い物に繰り出す人々で非常に賑《にぎ》わっていた。

幸いにして同じようにシャインスピリッツシティへと向かう人が多いのか、歩道は自然とそちらに向かうような流れが出来上がっており、移動に不便はない。

しかし隣を歩く姫子は、うへぇとあからさまに暑さにまいった顔で文句を零す。

「あっつ……今日暑すぎ……」

そんな姫子の格好は、ボリューム袖《そで》がポイントのもこもこしたやわらかい色合いのトップスにリブスカートといった、少し大人な秋を意識している格好だ。先ほどから「オシャレは我慢、オシャレは我慢」と自己暗示の呪文のように呟《つぶや》いている。

隼人はそんな妹に同意を示すわけではなく、冷ややかなジト目を向ける。

「だったらもうちょい涼しそうなもの着ればいいのに」

「はぁ、おにぃってばわかってない！　ほら、一輝さんを見てみてよ！」

姫子はそう言って一輝の方へと視線を促し、隼人は改めて一輝を見てみる。

モノトーンで統一されたシンプルなデザインのシャツとテーパードパンツは清潔感があり、スラリとした一輝を大人っぽく見せている。また足元のキャンバスシューズの色合いが秋らしさを感じさせ、思わず隼人も、ほぅと感嘆の声を上げてしまう。

こちらのやり取りに気付いた一輝が、にこりと微笑む。

「はは、ありがとう。今日の姫子ちゃんも相変わらず似合っていて可愛いよ」

「ふふっ、一輝さんも相変わらず口がお上手ですねー。……もぉ、おにぃも一輝さんの半分くらいオシャレに気を遣ってくれてもいいのに。見てくださいよ、今日のおにぃとか全然季節感ないし！」

「……悪かったな」

隼人は真夏と同じ格好を指摘され、憮然《ぶぜん》と顔を顰《しか》める。

一輝と目が合えば困った顔で肩を竦《すく》められ、そしてちょっぴり悪戯《いたずら》を思い付いたような笑みを浮かべる。

「そうだね、隼人くんは自分のためじゃなくて周りのために、と考えた方がしっくりくるかもだね」

「周りのため……？」

「ほら、皆が気合を入れている中で1人だけダラけてたらさ、他の人たちのやる気が削がれちゃうでしょ？」

「む、それは……」

一理ある、と思ってしまった。

姫子も一輝に同意するように、うんうんと頷《うなず》いている。

「隼人くんだって素材は悪くないんだしさ」

「一輝さん、今度おにぃの服とか見てあげてくださいよ！」

「ついでに美容院にも連れていきたいね」

「っ！　いいですね、徹底的に改造しちゃってください！」

「隼人くんなら、案外――」

「え、でもおにぃなら――」

「……」

　そしていつのまにか隼人を改造するならば、という話で盛り上がる姫子と一輝。

　気恥ずかしさと首を突っ込むまいという思いから、一歩下がる。

　沙紀はといえば黄色い声を上げ、伊織と恵麻から普段どういう風にしているのかを聞いていた。どうやら沙紀も恋バナが好きらしい。

　ふと、周囲を観察してみた。

　今までと同じように暑い日だが、それでも行き交う人たちからはどこか柔らかな色合いの印象を受ける。きっと姫子たちと同じように、秋を意識した装いの人が多いのだろう。

　自分の姿を見回し、先ほどの一輝の言葉を思い返す。

　なるほど、夏と変わらない格好の自分は、確かに見る人が見れば少し浮いて見えるかもしれない。

隣を歩く春希をちらりと見てみる。

この雑踏の中において、時折振り返られるほどの端麗な顔立ちと存在感を放っている。相棒としてその隣に立つことを考えれば、最低限の身嗜《みだしな》みというものがあるだろう。

これからはそのあたりのことに気を遣った方がいいかもしれない――しかし具体的にどうすればという妙案が思い浮かぶはずもなく、ぐぬぬと眉《まゆ》を寄せていると、春希が自分の髪を一房手に取り眺めていることに気付く。その顔はやけに神妙だった。

「春希？　その……枝毛か？」

「……違うよ」

何だろうと思って声を掛けてみるも、ぶすっとした声と共に呆《あき》れの混じったため息を返される。

そしてうーんと眉を寄せながら指先で髪を弄《もてあそ》び、躊躇《ためら》いがちに口を開く。

「もし、さ、ボクが髪を脱色とかしたらどうなるかなぁって思って」

「春希が髪の色を……？」

言われてまじまじと春希の髪を見てみる。長くて艶《つや》のある、綺麗なストレートの黒髪だ。再会した今の春希の清楚《せいそ》然とした雰囲気を演出するのに一役も二役も買っているそれは、トレードマークとも言えるだろう。だから他の髪の色を想像してみるも、上手く思い浮かべられない。まるで別人になることだろう。

だから隼人は眉を寄せつつ、素直に思ったままの言葉を零す。

「よくわからん」

「そっか」

春希はなんとも曖昧《あいまい》に笑う。その視線は沙紀へと注がれていた。

今日の沙紀を見て、何か思うところがあったのかもしれない。

なんとなく気持ちがわかるような気がした隼人は、ガリガリと頭を掻《か》いて前へと向き直り、んっ、と喉《のど》を鳴らす。

「俺は今の春希の髪、それはそれで好きだけどな」

「…………え」

隼人はそれだけ言って、春希の驚く声を置き去りにする形で姫子たちの背中を追いかけた。

目的地に辿《たど》り着《つ》いた。

隼人たちの目の前に広がっているのはシャインスピリッツシティ、そこにある展示ホール。

遠目にも『この夏最後の売り尽くしセール！』という大きな垂れ幕が目立っており、多くの女性客がひしめき合っている。

今まで来た時も人の多さに驚くこともあったが、今日はそれ以上の賑わいだ。なるほど、この人の多さなら専門店街より、このイベントホールを利用した方が理にかなっているだろう。

「「「……すっごい」」」

隼人、姫子、沙紀の月野瀬《つきのせ》組の3人は、思わずそんなことを呟いた。

周囲の人を見渡してみると、ぎらつかせた目をした女性客ばかり。まるでお宝を狙うハンターのようで、どこかピリピリした空気を纏《まと》っている。

それだけこのバーゲンセールが戦場さながらの様相になっていることを物語っており、ごくりと喉を鳴らす。

だが怖気づく隼人と違い、姫子と沙紀、それと恵麻は逆に闘志を燃やしていた。

「こうしちゃいられない！　行こ、沙紀ちゃん、恵麻さん！」

「うん、急ごう姫ちゃん！　早くしないといいもの取られちゃう！」

「いーちゃん、後でこのへんで集合ね！　掘り出し物見つけなきゃ！」

「ほら、はるちゃんも早くーっ！」

「みゃーっ⁉」

隼人同様ちょっぴり腰が引けていた春希は、姫子に引きずられるようにして中へと引っ張られていく。

彼女たちの意気込みに呆気《あっけ》に取られていた隼人、一輝、伊織の男子組3人は、我に返ると顔を見合わせ苦笑い。

「僕たちは僕たちで行こうか」

「そうだな、アレに付き合わずに済んだと喜んどこ」

「ははっ、恵麻のやつも選び始めると長いしな」

そして誰からともなく、会場に向かって足を向けた。

バーゲン会場でもある展示ホール内は非常に混雑していた。

きっちりと区画整理されたスペースに様々な店が軒を連ねている。壮観だ。どうやらシティにある専門店街以外のブランドも入っているらしい。

気を付けていないと行き交う人に肩をぶつけそうになってしまうが、それでもついキョロキョロと視線を彷徨《さまよ》わせてしまう。

隼人だけでなく、一輝や伊織も物珍しそうに周囲を見渡していた。それだけ都会でも規模の大きな催しなのだろう。

浴衣《ゆかた》だけに視線を巡らせてみても店ごとにシンプルなもの、淡い色合いで可愛らしいもの、奇抜な柄や派手さを前面に押し出したものと、かなりの種類が見て取れる。

なるほど、あれがブランドごとの違いというものなのだろう。

また夏物衣料に日傘やサンダル、帽子に扇子といった小物類も結構充実している。

見ているだけでも目にも楽しく、少しだけ姫子たちのテンションが上がる理由がわかった気がした。

やがてメンズ専門エリアと銘打たれたところにやってくる。

他と比べると若干客数が少なく感じるものの、それでも十分に盛況だ。

「お、なんだあれ？」

伊織が入り口にあるマネキンを見つけるなり駆け寄っていく。隼人も慌てて後を追う。

「うわ、やたらと派手だな……歌舞伎シリーズコーナー？」

「隣のは渋い、というか侍、浪人コーナー……あはは っ、確かにそれっぽいけどさ」

「こっちはカップルお揃《そろ》いコーデ用コーナー……伊織、どうだ？」

「うぇ!? んなことできるか！」

「ええ～、せっかくだしさ、な？」

「なら隼人、これ二階堂さんと一緒に着れるか？」

そう言って伊織がとあるマネキンの浴衣を指し示す。白と橙色《だいだいいろ》の丸格子模様をあしらった、男が着るには少々可愛らしいデザインの浴衣だ。しかし春希には似合うことだろう。

春希とお揃いで着ているところを想像してみる。

それは周囲に深い仲だと喧伝《けんでん》することになり、そのことが気恥ずかしくも、どこか悪戯っぽいいつもの笑みを浮かべ、どんどんノリノリになっていく春希の姿が容易に想像でき

――そこで慌てて頭《かぶり》を振った。

「……わ、悪ぃ。無理だ」

「ははっ、だろ？」

「ていうか、何で俺と春希なんだよ。……幼馴染《おさななじみ》ってだけだぞ」

「え？」

「な、なんだよ」

隼人がそんな愚痴めいた言葉を零せば、伊織は信じられないとばかりに目を大きく見開いた。

そしてハッと何かに気付いた顔になり、口をにやりと三日月形にする。

「じゃあ巫女《みこ》ちゃんと一緒の方がいいんだ？」

「はぁ⁉」

伊織の言葉に釣られるようにして、沙紀とお揃いで着ている姿を想像してしまう。

その瞬間、ドキリと胸が跳ねてしまった。

かつてなら、いや、正確には先日までなら神楽《かぐら》で舞っていた時のような、凛《りん》として涼やかな微笑みを浮かべた顔を思い浮かべたことだろう。

しかしどうしてか照れくさそうに頬を染め、はにかむ顔を想像してしまい――そしてパンッ、と両手で思いっきり自分の頬を引っ叩《ぱた》いた。

「は、隼人っ⁉」

「痛ぅ～っ」

一瞬にして頭の中がぐちゃぐちゃになった。

チクリと胸を刺す僅《わず》かな罪悪感と共に、胸の中で形容しがたい感情が渦巻いている。

だから慌てて店内に視線を走らせ、誤魔化すように言葉を口にする。

「そ、それにしても色んな種類があるんだな？」

「……まぁ確かに思ったよりも多くて、どれを選んでいいかわからなくなるな」

「俺、こういうこと疎いから……って、一輝は？」

「あれ？　そういやどこだ？」

てっきり傍に付いてきていると思ったものの、姿を見かけない。

どこに行ったのだろうと店の奥へと足を踏み入れれば、すぐにその姿は見つかる。しかし声を掛けようとして、躊躇ってしまった。

「…………」

やけに神妙な眼差しで、ハンガーに掛けられた浴衣を吟味している。

時折手を止めては眉間《みけん》に皺《しわ》を刻む。

あれほど真剣な表情は、部活の時でも見ないかもしれない。

やがて1つの浴衣を手に取ったところで、伊織が話しかけた。

「一輝、それにするのか？」

「あ、伊織くん。それに隼人くんも。いや、これは候補の1つってだけさ……ほら」

「「っ!?」」

そう言って一輝は、足元にあった籠《かご》を持ち上げた。

溢《あふ》れそうなほどの浴衣が入れられている。この短時間の間に見繕ったのだろうか？

驚きの目を瞬《しばたた》かせる隼人と伊織。

そんな2人をよそに、にこにことした一輝は籠の中から次々と浴衣を取り出し広げ、押し付けてくる。

「これとか隼人くんにどうかな？　こういう明るめの色が意外と似合うと思うんだよね。柄はモダン系とかが良いと思って……ほら、これとか」

「お、おぅ」

「伊織くんはこういう暗めの生地に派手めの柄とかどうかな？　もしくはこういうちょっと可愛らしいものが映えると思う。これも……ほら、これもね」

「そ、そうか」

たじろぐ隼人と伊織。

しかし一輝は瞳《ひとみ》をきらきらと輝かせていた。

きっとこういうことが好きなのだろう。

事実、手渡された浴衣はどれもセンスの良さを感じ取れる。これらは隼人１人なら見つけられなかったに違いない。

それは伊織も同じようで、一輝が選んでくれた浴衣に唸《うな》りながらどれにしようか見定めはじめていた。

「なるほどなぁ、せっかくだしこの中からどれか選ばせてもらうよ」

「オレもそうさせてもらう。サンキュ、一輝」

「どういたしまして」

礼を受け取った一輝はホッ、とため息を零し、それを見た隼人も苦笑いを零す。

「で、そういう一輝はどれにするんだ？」

すると一輝は困ったように眉《まゆ》を寄せた。

「それが実は迷ってるんだ。シンプルに無難に、シックで落ち着いた感じ、少し個性を出して攻めてみる……方向性すら定まらない。隼人くんはどれがいいと思う？」

「……難しいな」

単純に気になったから聞いてみたものの、オシャレ経験値が圧倒的に不足している隼人に答えられるはずもない。それに一輝なら、どんなものでも着こなしてしまうだろう。

しかし選んでもらった手前、素直にどれでもいいだなんて言えようはずもない。

お互い困った顔を見合わせていると、妙に既視感があることに気付く。

はたとその正体に思い至った隼人は、あぁと納得すると共に、ひょいっとそれが言葉となって口から飛び出した。

「あぁ、一輝って、こういうところ姫子みたいなんだ」

「っ⁉　そ、そうかな？」

「よく家でこれに似たようなやり取りしてるというかさ」

「へ、へぇ……」

驚き、どこか動揺を見せる一輝。

その姿を見て、さすがに同性の友人を妹と同じように扱う発言は問題だったかと思った隼人は、バツの悪い顔で頭を掻《か》く。

何かフォローの言葉を探していると、伊織が困った様子で間に入ってきた。

「なぁちょっといいか？　これって恵麻が選びそうなものと合わせた方がいいかな？」

「あぁ、確かにそうかもだね」

「そっか。恵麻のことだから落ち着いた色合いのものを選びそうだし、こっちの暗めの生地にしよう。柄が派手なのは遊び心になっていいだろうしな」

伊織はへへっと満足そうな笑みを浮かべて自分の浴衣を選ぶ。

そして隼人は少し感心したように言う。

「伊織、伊佐美《いさみ》さんの好みとかちゃんと把握してるのな」

「なんだかんだで付き合い長いからなぁ。今日の服もそこを意識したぜ。隼人も二階堂さんが選びそうなものとかわかるんじゃない？」

「……春希ってば、すぐネタに走ったり驚かせようとしたりする方向に走るから、どういうものを選ぶか全然想像つかないわ」

そう言って隼人が肩を竦《すく》めると、２人はあははと声を上げる。

ひとしきり笑ったあと、一輝がそれじゃあと質問を投げかけた。

「じゃあ姫子ちゃんならどういうものを選ぶと思う？」

「そうだなぁ、流行《はや》りものを追いかけるから、これもなんとも。ただ最近はちょっと背伸びしたものを選ぶ傾向があるかな？　ほら、田舎者だって思われたくないみたいでさ」

「うん……なるほどね」

妹の残念なところを言って笑いを誘ったつもりだったのだがしかし、一輝は顎《あご》に指を当てて思案顔になった。

「僕は他のものを探してくるよ」

「あ、おい一輝？」

そう言って一輝は店の奥へと消えていく。

どこか虚を衝かれた様子でその後ろ姿を見送ると、いつのまにか会計を済ませた伊織が話しかけてきた。

「ところで隼人はどれにするんだ？」

「う～ん、どれにしようかなぁ……」

実際どれも甲乙つけがたいものだ。

そして伊織のように、決め手になるようなものはない。

眉間に皺を寄せながら見比べることしばし。あることに気付く。

「よし、これにしよう」

「お、それ？」

「あぁ、一番値段が安いからな」

やけに真面目な声色で理由を述べると、伊織は一瞬目をぱちくりさせ、そして大声で笑いだした。

「……ぷっ、あはははははははっ！　なんとも隼人らしいや」

「うるせーよ！」

◇◇◇

沙紀の目から見て展示場内は、華やかの一言だった。

千紫万紅、百花《ひゃっか》繚乱《りょうらん》、いずれ菖蒲《あやめ》か杜若《かきつばた》。

視界一面に展示されている色とりどりの浴衣《ゆかた》たちは、まるで鮮やかに咲き誇る花のよう。

沙紀と姫子はそんな魅力的な花に誘われる蝶《ちょう》のように、あちらこちらへ飛び回り、浴衣を吟味する。

ちなみにあまりに売り場が広大なので、中学生組と高校生組で分かれて選ぶことにしていた。

「沙紀ちゃん、これとかどう？」

「わ、わ、これも可愛いね～っ。ちょっと甘すぎる感じだけど、今日みたいな髪型だとありかな～？」

「それから、こっちのなんてどう⁉」

「むむ、かなり派手な感じだけど……お祭り行くのって夕方からだから周囲も薄暗いだろうし、これくらいでもいいのかも？」

「あ！　アレなんかも合うかも！」

「かなり奇抜なデザインだけど挑戦するのも……お祭りだし……悩ましいね……」

「あはっ、今日の沙紀ちゃんってば今までとイメージ違うから、どんどん色んなものと組み合わせたくなっちゃうよー。とりあえずそれも候補に入れとこ？」

「あはっ、そうだね～」

いつもよりテンションが高い姫子から浴衣を受け取り、足元の籠へと入れる。そしてまた1つ籠が候補の浴衣でいっぱいになった。これで3つ目、全て沙紀用にと姫子と一緒に選んだものだ。

沙紀はさすがに多すぎかも、と苦笑いを零す。

「けど候補もだいぶ溜《た》まったよね～」

「確かにそろそろ絞っていってもいいかも」

どれもこれも良いデザインのものが多かった。

色々目移りしてしまったのは確かだけど、すべてを買うわけにもいかない。ここから1つ選ぶのも中々に骨が折れそうだ。

そこではたと気付く。

「そういや姫ちゃんの――」

「あ！　あそこのも良い感じ！」

「――ぁ」

沙紀が何かを言いかけるも、またも何か心の琴線に触れたものを見つけた姫子は、一目散に他の店のエリアへと吸い寄せられていく。

沙紀も追いかけようとするものの足元の3つ溜まった籠を見て、さすがに置きっぱなしにはしておけないと、この場に留まることにする。

そして近くで見つけた姿見にそわそわと移動し、色々と浴衣を自分に当ててみた。

「ふふ、私じゃないみたい」

思わずくすりと笑みを零す。

パステルカラーが印象的な、あどけなさが強調されるフェミニンブランドのもの。大輪の彼岸花をこれでもかと強調してあしらった、明るい色合いのギャルブランドのもの。手に取っているどちらのデザインも今までの自分なら選ぼうともしなかったものだ。自分には縁のないモノだと思っていたが中々どうして、こういうのも悪くない。

他にも色々試してみる。

その度に姿見に映しだされる女の子は、月野瀬にいた地味な沙紀と違いどれも華やかで可愛らしく、自分だという実感が乏しい。まるで鏡越しに別の誰かを見ているかのように錯覚してしまう。

隼人の反応はどうだろうかと、思い浮かべてみる。

幸いにして、今日の格好は驚いてくれたと思う。

しかし、気に入ってくれたかどうかはまた別の話だ。この格好も悪くはないとは思うものの、どうせなら好みに合わせたいと思う。

「……お兄さんそういうのに興味が、というより意識してなさそうだなぁ」

ポツリと呟《つぶや》き、困ったように眉を寄せる。

もちろん、今までの自分が嫌いだったかと問われればそうではない。選択肢の幅、世界が広がったと言った方が適切だろう。だからその分、どれを選ぶのかが大変になった。

ふと、ある女の子のことが脳裏に過る。

あれもこれも、あの時彼女に色々アドバイスを貰《もら》ったおかげだろう。

きっと色々と自己改革をした彼女のことだから、どうすればいいか今の状況を相談したら、何かしらいい案を授けてくれるだろう。

それだけでなくあの時のお礼も言いたいし、他にも好きな人についての話もしたい。そんな鏡映しのようにも感じた彼女が、強く目蓋《まぶた》に焼き付いている。

だけど彼女との出会いは偶然だった。

もう一度会えるとなると、その確率はいかほどのものか。

「――ぁ」

だからふいに彼女らしき子がキョロキョロ誰かを捜すかのようにして横切った時、信じられないとばかりの声が漏れた。

ひどくよく似ている。

だけど、彼女じゃないかもしれない。

そもそもほんの少し言葉を交わしただけ。

地味な自分なんて、忘れられていると考えるのが当然だ。

引っ込み思案な沙紀にとって、ほぼ見ず知らずの相手に声を掛けるだなんて、今まで考えたこともない。

それでも衝動的に、身体が動いてしまっていた。

「あ、あのっ！」

「っ⁉　えぇっと……？」

いきなり声を掛けられた彼女はビクリと肩を震わせ振り返り、困惑の目を向けられる。

思わず人違いだったかもと、弱気と羞恥《しゅうち》が滲《にじ》む。

だけどそれなら謝ればいいだけと開き直り、お腹に力を入れしどろもどろになりつつも言葉を続ける。

こんなことをするのは、きっとこの格好《いつもと違う自分》だからだろう。

「あの、以前、シティで、服と髪、教えてもらって……覚えてますか……⁉」

「……へ？」

最初、不思議そうに眉《まゆ》を寄せ小首を傾げていた彼女は、沙紀が髪を解き両手でおさげを作るように摘まむと、みるみる目を大きく見開き瞬かせ、あんぐりと口を開けた。

「こ、この間は色々教えてもらってその、頑張ってみました……っ！」

「……あ、あの時の！　わ、すごい……全然わかんなかったです！」

「えへへ、私も自分が自分じゃないような気がしています。その、あの時はありがとうございました！」

沙紀は手早く髪を戻しながらぺこりと頭を下げる。

「そんな、頭を上げてください！　私がしたことなんて、ほんとただのお節介なんで……ちゃんと行動に移したあなたの方がよっぽど！」

そう言って彼女は少し寂し気に睫毛《まつげ》を伏せる。

「それでも！　えぇっと、今日のこの格好、驚かせることができたのは、あなたのおかげですから！」

「あ、好きな人……」

「は、はい」

沙紀ははにかみ頬を赤くしつつ、こくりと頷《うなず》く。

彼女ももごもご口を動かし、なんとももどかしそうな表情になる。

「……」

「……」

少しばかりむず痒《がゆ》い空気が流れる。

チラチラと互いに様子を窺《うかが》い、言葉を探すことしばし。

「「あ、あのっ！」」

突如声が重なり見つめ合う。

「くすっ」

「ふふっ」

そしてどちらからともなく笑いだす。

「もう一度会えてよかったです。その、他にも色々話をしたかったし、でも名前も知らなくて……あ、村尾です。村落の村に尻尾《しっぽ》の尾で村尾と言います」

「あ、佐藤《さとう》です。ごくありふれた、あの佐藤。……その、今日は浴衣を？」

「はい。今度皆でお祭りに行くことになりまして、それで。でも、どういうものを選んでいいのかわからなくて……」

「なるほど、そうでしたか……」

そう言って彼女は頷き、ジッと沙紀の全身を注意深く観察し、口元に手を当てる。

こういう風にまじまじと見られることに慣れていない沙紀は、気恥ずかしさから身動ぎしてしまう。

やがて「んっ」と喉《のど》を鳴らした彼女はやけに真剣な顔を作り、そして重々しい声色で、少し躊躇《ためら》いがちに尋ねてきた。

「ちなみにその、好きな人ってどんな人ですか?」

「どんな……?」

「見た目とか、間柄とか……相手の方の好みとかそういうのが知りたいんです。学校の人なのか、年上とか年下とか、全然知らないので」

「……ぁ」

言われてみれば当然だった。

沙紀だって彼女の好きな人がどういう人か知らない。だからもし彼女から好きな人のことで何か相談されても、当たり障りのないことしか言えないだろう。

「姫ちゃんの……うぅん、幼馴染《おさななじみ》である親友のお兄さんなんです」

「親友の、兄……?」

「はい。見た目は先日の私のようにあまり垢抜《あかぬ》けきれてないというか、よく言えば純朴な感じといいますか……あはは、そのどちらも田舎から都会に出てきたばかりなので」

「そうなんだ……」

そう、今まで居た近くて遠い場所から1歩踏み出し、ちゃんと隣に来られたとは思う。

女の子だと意識され想いを向けて欲しいが、この場所には友達も親友《はるきひめこ》もいる。なにより
これまで彼にとってずっと妹の友達だったのだ。前途多難だろう。

だからこそ彼女に助力を願いたい。

そして彼女はふわりと笑う。

「ずっと近くにはいたんですね？　なら、今までのイメージを利用しちゃいましょうか」

「今までのイメージを利用……？」

「はい。ずっと身近にいたってことはイメージが凝り固まっていると思うんです。だから今までと同じようで違う感じのものにしたら、ドキッとして意識するかなぁっと。ちなみにですが、よく好んで着ていた色とかありますか？」

「えっと、紅と白……っていうか巫女《みこ》服、です」

「……みこふく？」

「その、私、田舎の神社の巫女なので」

「みこ？」

「えっと、これ」

「っ！　これは……っ」

巫女という聞き慣れない単語に首を傾げる彼女に、スマホにある普段着で使っている時のものや祭りの時の写真を見せる。

すると彼女はみるみる目を丸くし、「みこ……巫女さんってホントにいるんだ……」と呟き、スマホの画面と沙紀を交互に見やる。そしてスッと目を細めたかと思うと、足元にある籠《かご》を物色し、とある浴衣《ゆかた》を沙紀に渡す。

「これとかどうでしょう？　今までのイメージと――髪型もそれに合わせて――」

「あ、なるほど！　となると帯は――」

そして顔を突き合わせ作戦会議。

具体例を伴った彼女のプレゼンは的確で、ポロリと目から鱗《うろこ》が落ちる。

沙紀は感激から我知らず彼女の手を取った。

「すごい、すごいです！　これならきっと今までの私のイメージを覆せると思います！」

「ふふっ、上手くいくように私も応援してますね。……あ、そうだ。連絡先交換しませんか？　もしその浴衣のことで何かあれば、気軽に連絡していただけたらと」

「いいんですか⁉」

「ええ、こちらこそ」

「是非お願いしますっ！　えっと、確かこうやって……」

そして沙紀はあまり慣れない手つきでスマホを操作し、ＩＤ等を交換すれば、数少ないアドレスに佐藤愛梨《あいり》の文字が追加される。

なんとも不思議な気分だった。彼女はご近所さんや同じ学校の人でもない。心がふわふわ浮き立つのを感じる。都会で行き交う人たちは皆、他人に無関心なところばかりを見てきたから、なおさら。

そして沙紀はにんまりと笑みを浮かべ、もう一度スマホの画面の彼女の名前――佐藤愛梨を見て、何かが引っ掛かった。

「あれ、この名――」

「おーい、沙紀ちゃーん！」

「姫ちゃん！」

「あれ、その人誰……うん？」

その時、姫子が戻ってきた。

沙紀と仲良さそうにしていた彼女に興味津々な様子で、目をきらきらさせながら周囲をぐるぐると回って観察する。そしてどんどん身体の動きが硬くなっていく。

「えっとこの方は佐藤さん」

「あ、どうも佐藤です」

「……ぇ」

そして沙紀が彼女を紹介すれば、姫子はピシリと表情を強張らせた。そして信じられないとばかりに瞠目《どうもく》する。

不躾《ぶしつけ》にも姫子が何かを確かめるかのようにマジマジと嘗《な》め回すかのような視線をぶつければ、彼女も居心地悪そうに身を縮こまらせる。

そして彼女は、はたと何かに気付いたかのように声を上げた。

「あ、そうだ！　もしかして長い黒髪のかわいい子と一緒に来てません？　この間もその、助けてくれたといいますか」

「え？　春希さんかな……はい、来ていますよ」

「わ、私と私の先輩がその子に会ってみたいというか、助けてもらって何も言ってないのでその……っ」

「……あぁ」

あの酔っ払いに絡まれた時、真っ先に駆け付けてくれたのが春希だった。彼女が春希にもお礼を言いたいというのは至極当然だろう。

だから沙紀は快諾しようと――した時のことだった。咄嗟《とっさ》に姫子が大きな口を開く。

「も、もしかして佐藤愛――」

『『『きゃ――――っ！』』』

そして突如、どこからか地を震わせんほどの歓声が聞こえてくるのだった。

◇◇◇

一方その少し前。

春希は恵麻と一緒に、見渡す限り一面浴衣に囲まれた煌びやかな海をあちらこちらへと漂っていた。あまりの多種多彩、千差万別さにどれを選んでいいか溺《おぼ》れそうになってしまう。

どの浴衣も良さそうに目に映る。この中から最適などれか1つを選ぶだなんて、大海にポツンと漂流する手紙の入った小瓶を発見するよりも難しいだろう。

(制服って、何も考えなくていいから楽だなぁ)

クスリと自嘲《じちょう》の笑みが漏れる。

隼人と再会し、姫子に叱られ、最近は身に着けるものに気を配るようになった。反応も悪くない。

だが春希の、オシャレをする時の選考基準は、隼人を驚かせ揶揄《からか》えるかどうかが大きな割合を占める。

そのことがあまり絡まない普段着は、今日の格好もだが、良く言えばカジュアル、あけすけに言えば個性のない無難なものになっている。

別にこうありたいと描く理想の自分の姿がないのだ。……沙紀と違って。強いて言えば良い子、だろうか？

春希は小さく頭《かぶり》を振り、そして目に入った様々な種類の浴衣を片っ端から着ている姿を想像し、頭の中で隼人に感想をもらってみる。すると、そのいずれにもいいんじゃないかと返してもらう。実際にあり得そうな光景だった。

春希の顔が、まるで隼人が夕飯何を食べたいかと聞かれた時に何でもいいと答えた時と同じように、困った表情になる。

（確かにこういうふうなのって、具体的にどういうのかリクエストもらった方が楽だよね）

はぁ、と大きなため息を吐く。そして隣で浴衣を吟味している恵麻を見る。

やけに真剣な様子だった。それも、声を掛けるのを躊躇うほどに。

しばらくジッと見ていると先ほどから恵麻が手に取る浴衣が、シックで落ち着いた雰囲気のモノか、やけに派手なものかの両極端なものと偏っていることに気付く。

シックで落ち着いた雰囲気な方はよくわかる。スラリとして高身長の恵麻を、大人っぽく演出してくれることだろう。

翻って派手な方は、確かに恵麻にも似合うかもしれない。しかし肩口が露わになっていたり、ミニスカート状になっていたり、色合いだけでなくデザイン的にも煽情《せんじよう》的で、何というか普段の彼女らしくない。

春希が眉《まゆ》を寄せ疑問を顔に浮かべていると、それに気付いた恵麻は気恥ずかしそうに頬を染め、少し迷いつつも言葉を紡ぐ。

「その、いーちゃんってこういうの好きっぽいから」

「なるほどね」

「どうせなら、いーちゃん好みのを着ていきたいって気持ちはあるんだけど、さすがにこういうのって派手過ぎるというか、コスプレみたいで皆と一緒だと浮いちゃいそうで」

「あはは、確かに」

春希と恵麻は、困った顔を突き合わせて苦笑を零す。

正直なところ、こんな派手なデザインの浴衣を着ていくだなんて、普段のイメージの彼女ならば一顧だにしなかっただろう。それだけ迷うということは、それだけ彼氏である伊織に喜んでもらいたいからに違いない。

今も「むむむ……」と眉を寄せ、唸《うな》り声を上げている彼女を見ていると、少しだけ羨《うらや》ましくさえある。

その時、先ほどの会話に出てきたコスプレという単語から、ふと閃《ひらめ》くものがあり「あ！」と声を上げた。

「じゃあその派手な方はさ、家とか2人きりの時にだけ着て見せてあげれば？」

「えぇっ⁉」

「周囲の目が気になるなら、ないところでってね。ほら、これ見て」

「……わ！」

春希がスマホを取り出しその画面を見せれば、恵麻は感嘆の声を上げる。

そこに写っているのは、先日隼人の家でお泊まり会をした時のコスプレ姿。春希だけじゃなく沙紀や姫子もいる。そして猫耳を付けている隼人を見た恵麻は、思わずプッと噴き出してしまった。

これらは外を出歩けるような格好じゃない。家の中でだからこそだが、それでも大変盛り上がったのをよく覚えている。

その時のことを思い返し、春希はほら、とばかりに微笑んだ。

「ね？」

「……う、うん。だけど……」

「だけど？」

しかし恵麻は、最初みるみる目を大きくしたものの、その後はやけに口籠《くちご》もる。その反応は芳しくない。顔を赤らめ、「あー」とか「うー」とか母音を口の中で転がすばかり。

春希はそんなに変なことを言ったかなと困惑していると、やがて恵麻はおずおずと口を開く。

「このデザインって、その、すごく肌の露出があるというか……えっちだよね？」

「あ、うん。男子受けしそうというか」

「その、もしぃーちゃんが興奮しちゃって、そういう空気になったら……どうしよう？」

「え、あー、うん……うん…………みゃっ⁉」

今度は春希の顔が一瞬にして真っ赤に染まる。春希にとっては想定外だがしかし、恵麻にとってはもっともな懸念だった。

しかも２人は、正式に付き合っている。ゆっくりと関係を育んでいる最中とはいえ、恋人同士だ。醸成された雰囲気如何《いかん》によっては、一足飛びにそういうことに及ぶ可能性がないと言い切れないというか、むしろ非常に高い。それに付き合っていれば、いずれ通る道でもあり、早いか遅いかの違いでもある。

今も恵麻は「私から誘ってはしたないって思われないかな？」「もしそうなった時に心の準備以外にも色々予めしていくべき？」と、生々しい２人の睦《むつ》み合いを連想させることを呟《つぶや》いては、春希の思考を沸騰させていく。

このままだと脳が茹《ゆ》だってしまいそうなので、強引に話題を打ち切る。

「そ、そういう見せ方もあるってことで！　ね!?」

「っ！　そ、そうだよね！　てわけでそういう方法があるってことで候補に入れとくね！」

「ふふっ！」

「あはっ！」

あからさまだったけど、これ幸いとばかりに恵麻も乗っかる。

そして恵麻も別の話題を振ってきた。

「そういや春希ちゃん、浴衣《ゆかた》選ばないの？」

「うーん、さっきから色々見て回ってるけど、ピンと来るものがなくて」

「あー、たくさんあるもんね」

「それだけじゃなくて、ボクさ、今まであまり服とか無頓着《むとんちゃく》だったんだよね。だからこれ、っていう好みが自分でもよくわかんなくて……」

「そうなんだ……じゃ、霧島《きりしま》くんが好きそうなものとかは……」

「うーん……」

一応、その切り口も考えてはみていた。

今まで様々なタイプの格好を見せてきたものの、驚かせることや揶揄うことに成功していてもそれ以上のものはなく、だから隼人の好みがどういうものなのか、よくわかっていない。

春希は曖昧《あいまい》な笑みを浮かべ眉を寄せ、頭《かぶり》を振って恵麻への返事とする。

困った顔を突き合わせることしばし。

うーんと考え込んでいた恵麻が、ふと聞いてきた。

「初心に返ってみたらどうだろう？」

「初心？」

「たとえば出会ったばかりの子供の頃、初めてこういうお祭りに行くとしたら、どんな気持ちで選ぶだろうかってさ」

「…………ぁ」

何かが脳裏に閃いた。

そして、想像してみる。

幼い頃、月野瀬に居た時。

もし今回みたいなお祭りがあり夕方に待ち合わせするとして、あの時の自分――はるきなら一体どんなものを選ぶだろうか？

すると、今の自分が様々な浴衣を試着する姿を思い浮かべれば、たちまちはるきがダメ出ししていく。くすりと笑みが零れる。

「ありがと恵麻ちゃん。なんとかなるかも」

「ふふっ、どういたしまして」

「よし、じゃあ気合入れて選ぶとするかー！　……うん？」

「そうだね……って、あれ？」

気を取り直し、浴衣の方へと目を向けた時のことだった。やけに周囲がざわつき、その意識がこちらに向けられていることに気付く。

明らかに注目を集めていた。会場にはこれだけの人が集まっており、騒がしいのは当然だ。

しかし春希も恵麻も抜きんでた容姿をしているとはいえ、あくまで普通の高校生。これほどまでに関心を寄せられる理由がわからない。

なんだか不気味だった。眉を寄せて恵麻を見れば、この場を速やかに離れようとこくりと頷《うなず》き合う。

しかしその時、ふいに肩を掴《つか》まれた。

「やほー」

「っ⁉」「え⁉」

やけに親し気に声を掛けられる。思わず振り返り、そしてピシャリと表情が固まった、固まってしまった。

そこに居たのは、明らかに不審というしかない女の子。

年齢は同じか、少し上だろうか？　髪をキャスケット帽の中に詰め込み、ちょび髭《ひげ》の付いたオモチャの鼻眼鏡を掛けている。そのくせオシャレなワンオフショルダーから覗《のぞ》く肩やホットパンツから伸びるスラリとした足は芸術品のように均整がとれており、どうもちぐはぐで、より場違い感を浮き立たせている。どこからどう見ても、変装していますといった、怪しい人だった。

なるほど、こんないかにもな人がいれば、注目を浴びるのも無理もない。目立つなという方が難しい。

そしてもちろん、春希の知り合いに彼女に該当するような人はいない。

「恵麻ちゃん、知り合い？」

もしやと思って恵麻に訊《たず》ねてみるも、ブンブンを勢いよく首を左右に振られるのみ。互いに困惑するばかり。

しかしがっちりと肩を摑まれており、無視もできない。

春希は大きな息を吐きつつ、恐る恐る尋ねる。

「あの、初対面ですよね？」

「うん、そーだね」

「その、ボクになにか……？」

「迷子になった」

「迷子？」

「たまによくある。困った」

そう言って彼女は困った声色を零す。たまになのか、よくあるのかツッコミを入れたいところだが、どうやら彼女なりに困った状況だというのはわかる。

「えっと、はぐれたの？　誰かと一緒だった？」

「んー、ママと」

「……ママ？」

「といっても、年下だけど」

「年下なんかい！」

「うん、口うるさくてお節介で、でも頼りがいのあるよ？」

「先輩の自覚持って⁉」

「おぉ……あ、パパとも一緒に来てた」

「……もしかしてパパも年下？」

「ん、違う。結構な歳上の社会人。女の子に声を掛け、飯のタネにする仕事をしてる」

「言い方っ！　ってそれ、この辺のショップに居る人もそれに該当するよね!?」

「おー、それもそうだ」

彼女はパチパチと手を叩《たた》く。

思わず大きな声でツッコんでしまっていた。手を叩く音で我に返った春希は、大声を出してしまったことに気付き、赤面する。そしてコホンと咳払《せきばら》い。

「……とにかく、スマホでそのパパなりママに連絡取れば合流できるんじゃない？」

「！　天才！」

「いや、冷静に考えれば普通に気付くでしょ！」

「他に探している人がいて夢中で、そのことで気付かなかった。もしもしー――」

彼女はスマホを取り出し、どこかへ連絡しだす。どうにもマイペースな子だ。痛むこめかみに手を当てる。恵麻もお疲れさまとばかりに苦笑いを向ける。

何とも不思議で、そして疲れる相手だ。

しかし妙に憎めないのは、彼女の魅力かカリスマか。

「パパと連絡付いた。助かった。ありがと」

「どういたしまして。今度ははぐれたらダメだからね？」

「それは承服しかねる」

「おい！」

「ふふっ、そのツッコミ、ママみたい」

そう言って彼女は前のめりになり、肩を揺らしながら春希を見やる。

しばし春希を観察した後、腕を組み、うんうんと頷く。

「うん、合格」

「へ？」

「実は長い黒髪の可愛い女の子を捜してた。キミはすごく可愛くてツッコミが上手い」

「は、はぁ……どういたしまして？」

「でもキミ、本当にうちが捜してた長い黒髪の可愛い女の子？」

「知らんがな！」

「あ、今のポイント高い！　ナイスツッコミ、おもしれー女」

「あなたに言われたくないです！」

「あはっ！」

彼女はくつくつと笑いつつ、ビシッと親指を立てる。

なんとも既視感を覚える、春希の調子を崩させる相手だった。

「でも、その相手がキミだったらって思う」

「え？」

「色々相手してくれて、ありが——ぁ」

そして彼女がペコリと頭を深く下げた瞬間、その拍子でバサッと帽子と鼻眼鏡が床へと広がった。

呆気《あっけ》に取られる彼女が頭を上げれば、その素顔が露わになる。

思わず息を呑《の》むほどの、綺麗《きれい》で華やかな女の子だった。

春希だけでなく恵麻も、そしてこちらに視線を向けている周囲も同様に言葉を失い、この場をぽかりと切り取った空洞のような沈黙が広がり、支配する。それはまるで嵐の前の静けさだった。

ピリピリとした空気の中、彼女は「てへっ」と舌先を出し、片手でコツンと自分の頭を叩く。

あくまでマイペースな彼女に、何かの引っ掛かりを覚える。

それが何かを深く考える前に、黄色い大歓声が春希の思考を断ち切った。

「「「きゃあぁあああぁあぁぁああぁあぁぁーっ！！！？！！？！？？」」」

思わず片目を瞑《つぶ》り、耳を押さえてしまうほどの喝采《かっさい》が全身に叩きつけられ、身を縮こまらせてしまう。その理由も聞こえてくる。目の前の彼女も驚き、ビクリと肩を震わせる。予想外と言いたげな表情だった。

「ＭＯＭＯ⁉　うそ、あれＭＯＭＯだよね⁉」

「すっごく可愛いっていうか、足の長さヤバ！」

「雑誌やネットで見るより可愛いとか反則でしょ！」

「てか、どうしてここに⁉」

「何かのイベントじゃね⁉　っていうかさっきから人目集めようって格好してたし！」

ＭＯＭＯ。

ファッション誌に目を通し始めた春希でも知っている、今をときめく人気モデルの１人。

こうして見てみれば華やかで整った顔立ち、春希よりも１回りか２回りほど高いスラリとした背丈に、メリハリの付いたプロポーション。なるほど、人気が出るのもわかる。

彼女のいきなりの登場に周囲は困惑しつつも、これから何が起こるのかとざわつき、期待を膨らます。恵麻だって「え、ＭＯＭＯ⁉　ウソ、どういうこと、何か始まるの⁉」とそわそわしている。

その渦中の彼女はそれまでオロオロしていたかと思うと、「ふっ」と小さく息を吐く。

そして一瞬にして、彼女が纏《まと》う空気がガラリと変わる。突然のことだった。彼女は片手を口に当て、もう片方の手を大きく振りかぶり、声を張り上げた。

「みんなー、今日はうちらが宣伝しているバーゲンに来てくれてありがとー」

彼女の妙に間延びした、しかしよく響く声が周囲の喧騒《けんそう》を切り裂く。

そして訪れる一瞬の静寂。

一拍遅れてから湧き起こる大歓声。

「っ⁉」

今この瞬間、彼女がこの場を支配したのがわかった。

彼女はくるりと身を翻し、春希へと向き直り、ぐいっと身を近付け顔を覗き込む。

「キミも、今日は浴衣《ゆかた》を買いに来たの？」

「え、ええまぁ」

「うちのＣＭか何か見て？」

「うん、それでみんなで秋祭りに向けて買いに行こうって」

「嬉《うれ》しーっ！」

まるでインタビューじみたファンサービスのようだった。

彼女との距離は近く、もし彼女のファンならば、卒倒しているかもしれない。現に恵麻の顔も興奮に彩られていた。

しかし間近だからこそ、彼女が先ほどの言葉からは裏腹に、やけに目を泳がせ焦っているのもわかる。

少しばかり冷静さを取り戻した春希は、ため息と共にジト目を向ける。すると彼女は苦笑を1つ、ぐいっと身を寄せ耳打ちしてきた。

「これからどうしよ？」

「何も考えてなかったんですか？」

「そもそも変装してたし、バレるなんて考えてなかったし」

「いやいやいや、あれは変装じゃなくて仮装だし」

「…………おぉ！」

「おぉ、でなく！」

そして今度は一転、彼女は可笑《おか》しそうにくすくすと笑う。

おでこに手を当ててため息を吐く。先ほどからずっと、彼女に振り回されてばかり。

するとその時、彼女に向かって一際大きく呼びかける声があった。

「ＭＯＭＯさん、準備が整いました！」

はて、準備とは？　春希だけでなく彼女も寝耳に水とばかりに首を捻《ねじ》り、声がした方へと視線を向け、そして「あ！」と声を上げた。

「今行くー」

彼女は手を上げて声に応える。

頼れる知り合い、もしくはスタッフなのだろうか？　彼女の顔が安堵《あんど》に綻《ほころ》ぶ。

ともかく、この場は何とかなるのだろう。ホッと胸を撫《な》で下《お》ろしていると、ふいに手を摑《つか》まれた。

「キミ、面白そう」

「……へ？」

「一緒に行こうぜ！」

「え、ちょ、ちょっと！」

驚く春希のことなんてお構いなしに、ぐいぐいと手を引いていく。抗議の声を上げるものの「いいから、いいから」と鼻歌まじりにどこ吹く風。周囲から好奇の視線が突き刺さる。

——このままだと目立ってしまう。

そのことを危惧《きぐ》する春希は、多少強引に手を振り解くことも視野に入れつつどうしようかと思い巡らす。やがて目の前に急遽拵《きゅうきょこしら》えられたとわかる拓けたスペースが見え――そこにいるとある男性が目に入り、一瞬にして頭の中が真っ白になってしまった。

「やほー、桜島《さくらじま》さん。助かった。ていうか、いきなりこんな舞台作れるなんて、すごくね？」

「サプライズイベントっていう体でこの場のスタッフの人たちに無理を言ったからね。もっとも彼らも、騒ぎになって物が売れなくなるより、逆に宣伝になって人集めになるって言えば、快く引き受けてくれたよ」

「おおー、さすがパパ。やり手。汚い」

「……パパ？」

「で、何やればいい？　いきなりトークなんてできないし、話を振ってくれる司会も居ないし」

「ファン交流でカラオケ、なんて考えている。最初に唄《うた》う相手が委縮したり失敗なんかしたりするとイベント自体失敗しちゃうけれど……彼女なら問題なさそうだ」

「っ⁉」

そこで彼――いつぞや病院や佐藤愛梨のイベントで遭遇した桜島と呼ばれた男に微笑みかけられ、春希は我に返る。

そこへ彼女が「はい、これ」とマイクを差し出す。未だ驚きと困惑が抜けきれない春希は、反射的に受け取ってしまう。

「かぴたん唄える？」

「え、あ、はい、一応……」

「じゃ、それで」

「……あっ！」

そう言ってにぱっと笑顔を咲かせた彼女は、春希の手を引きステージの中央へと身を躍らせ、そして周囲に向かって声を上げた。

『ね、今日買った浴衣でどこに行くー？　誰か大切な人ー？　そんな皆を応援するために、一緒に唄うよーっ』

彼女が言い終えると同時に、曲が流れ始める。最近のティーンズに人気のアイドルグループの新譜だ。否応なく会場のボルテージは上がっていく。

ハメられた、と思った時には遅かった。

もはや断る機会を逃している。

状況に流されるまま、しかし意を決してマイクを強く握りしめる。

『『笑って答えず～――♪』』

唄い出すと同時に、少女たちの歓声が弾けた。摑みは上々のようだ。

ステージの上に立てば、この会場の広さとどれだけの人が集まっているかがよくわかった。中にはスマホを掲げ動画や写真を撮っている姿も見て取れ、それだけ隣で唄う彼女の人気のほどが窺《うかが》い知《し》れる。

春希も注目されることにはある程度慣れているとはいえ、これはあまりに予想外。

臆《おく》せず声を出せたのは、今までの擬態の賜物か。

そんな彼女と一緒に唄っているこの状況が、殊更わけがわからない。

春希はにこやかな笑顔の仮面を貼り付けつつ、舞台袖《そで》に居る器用にもこの状況を手引きした彼を、恨みがましく睨《にら》みつける。

するとその視線に気付いた彼は、サラリと受け流しニコリと微笑む。春希の頰が僅《わず》かに引き攣る。まったく、喰《く》えない相手だ。

『『――千夜の夢～♪』』

ノリノリで唄うＭＯＭＯは――まぁ半ばカラオケ気分なのだろう。そのマイペースさが少し恨めしい。歌唱力自体は特筆すべき点はない。しかし身体全体を使って楽しそうに場を盛り上げ唄う姿はなるほど、この会場を魅了するのも納得の存在感があった。

アドリブのトークに期待できない、だからファン交流として一緒に唄う――よく考えられている。やはり彼はやり手だ。

だからこそ、春希の中で警戒心を最大限に引き上げる。

きっと。

この状況を作り出した彼の計算の中に、春希も入っているのだから。

——田倉真央《たくらまお》。

かつて彼は春希を前にして、その名前を呟《つぶや》いた。

恐らく春希と田倉真央の関係を知っているのだろう。でなければ、色々と説明がつかない。

彼と田倉真央の関係はわからない。だけど春希の知らない何かを知っているのだろう。

正直なところ、気にならないと言えばウソになる。

それよりもこの彼にしてやられているという、この状況が気に入らなかった。

大方ここで春希を目立たせ、芸能界に引っ張り込む足がかりにでもする腹づもりなのだろう。

『——天使の誘惑～♪』

芸能界に於《お》いて春希《田倉真央の私生児》というのは、何かしら彼の手札になるに違いない。

敢えて下手を演じ、無様な姿を晒《さら》すことも考えた。

しかしここまで盛り上がっている場を白けさせるのも、ＭＯＭＯに悪い。彼女は無関係だ。やられっぱなしというのも癇《かん》に障る。

それにもしみっともない姿を見せようものなら、隼人に後で何と言われるだろうか？

沙紀に何と思われるだろうか？　もし、わざと誰かの足を引っ張るようなことをしてこの場を切り抜けたとして、２人の隣に胸を張っていられるだろうか？

だから春希は、全力でＭＯＭＯが目立つように立ち回ることにした。

ＭＯＭＯの歌声が際立つようキーを落とし、ハモらせる。

振り付けや立ち位置もＭＯＭＯが常に目立つよう立ち回る。

脇役、黒子、縁の下の力持ち。

個性を殺し、それを徹底的に演じきって《計算して》やった。

『――時の旅人～♪』

やがて歌が終わる。

そしてワァッと湧き起こる大歓声。

賞賛は全てＭＯＭＯへと向けられていた。

チラリと彼の方へ視線を向ければ、目を大きく見開いている。目論見が外れたのだろう、春希はしてやったりとほくそ笑む。

春希はこの結果に満足気な表情を浮かべ、そしてMOMOに向かってぺこりと頭を下げ、そして緊張した声を作り、礼を述べた。

「あ、ありがとうございました！　その、MOMOさんと唄えて嬉《うれ》しかったです！」

周囲からは「いいなー！」「次は私が！」といった羨《うらや》ましそうな声が聞こえてくる。

後はこの場を去ればいい。

上気させた顔を上げ、くるりと身を翻した時のことだった。

「待って！」

「え？」

「キミ、すごくない⁉　超やりやすかったんだけど！」

どういうわけか興奮気味のMOMOが手を摑む。

そしてジロジロと顔を眺めまわす。

「合格って言ったけど、合格なんてもんじゃないよ超合格！　てか今度一緒に仕事してみない⁉　いいよね、桜島さん！」

「ちょっ、え、アレ、アレ……⁉」

そう言ってMOMOが舞台袖に控えていた桜島へと視線を投げかければ、彼もニコリと満面の笑みを浮かべ両手で頭上に丸を描く。

すると周囲がにわかに騒めき出し、「え、どういうこと⁉」「スカウト⁉」「あの子傾向違くね？」「一周回ってあり？」といった声が囁《ささや》かれる。

背筋にヒヤリと嫌な汗が流れた。

まるで外堀から埋められていくかのような感覚。

ここまでが彼の計算とでもいうのだろうか？

……どうにかしなければ。

だが思考が上手く働いてくれない。

そしてふいにチラリと脳裏に過る母《田倉真央》の顔。

手が震えそうになるのを自覚する。

「何言ってるんですか、ももっち先輩！」

するとその時、ある女の子の大きな声が舞台に向かって掛けられ、騒めく空気を切り裂いた。

必然周囲の注目も、声の主に集まる。

声の主の少女は威風堂々といった様子で一歩踏み出し、芝居がかった様子で勢いよく身に着けていた帽子と眼鏡を取り外せば、ワァッと一際大きな歓声があがった。

「あ！　やほーあいりんママ」

「やほー、じゃなくて！　あとママって何ですか、年下ですっ！」

「あいりんは硬いなぁ」

「硬いとかでなく！」

現れたのは佐藤愛梨。

ＭＯＭＯに匹敵する人気モデル。

周囲の注目も彼女へと移っていく。

「まったくママはさておいて……ももっち先輩はいつも思い付きで何かやらかすから！

ほら、この子だってびっくりして固まっちゃってるし！」

「えー？　よくない？」

「えー、じゃなくて、よくないです！」

「じゃあよくなくなくない？」

「よくなくなくないです！」

「じゃあよくなくなくなくなくない？」

「よくなくなくなくなくなぶっ！」

「あ、あいりん噛《か》んだ」

「もぉ～～～～～っ！」

そして繰り広げられる2人のコントじみたやり取りに笑いが起こる。

どうやら先ほどのＭＯＭＯの誘いも、そういう演出だったという流れになっていく。

「春希っ」

「っ！」

その時、小さくも鋭く名前を呼ぶ声を耳が捉《とら》え、我に返った。

声の出どころ、愛梨が現れた近くには隼人たち全員の姿。こっちに戻ってこいとばかりに小さく手招きしている。

春希は慌てて笑顔《仮面》を貼り付け直す。

「あ、ありがとうございました！」

「ご協力ありがとうございました～」

「今度また一緒にやろうねー」

「だからもう、ももっち先輩！」

「あいりんのいぢわる」

「いぢわる、じゃなくて！」

笑いの起こる中、舞台を後にする。

去り際に愛梨が片目を瞑《つぶ》り、まるでゴメンねと言っているようだった。

春希を出迎えた皆の反応は様々だった。

「災難だったな、春希」

「春希ちゃん大丈夫だった⁉　っていうか歌とかすごくない⁉」

「わ、わ、ＭＯＭＯと愛梨だよ！　プライベートでも仲良しって聞いてたけどほんとっぽい！」

「え？　佐藤愛梨……え？　え？　さっきの方、あの佐藤愛梨だった……⁉」

苦笑して肩をすくめる隼人、それに同意する一輝に伊織。

心配したり驚いたりと忙しない表情の恵麻に、舞台上での人気モデルとの共演に興奮する姫子、そしてやけに混乱している様子の沙紀。

まったくもって統一性がない。

だけど、本来の居場所に戻ってきたかのような安心感を覚える。それまで張り詰めていた緊張の糸も緩む。

「……ちょっと疲れた」

そんな言葉と共に大きなため息を吐けば、ふいに強引に手を引かれた。

「そうだな、俺も疲れた。どこか休めるところに行こうか」

「っ⁉　隼人……？」

どうしたことかと顔を上げれば、やけに真剣な顔の隼人。

一瞬ドキリとするものの、チラリと目配せされた先に視線を巡らせれば、こちらに用事があるとばかりにやってこようとする桜島の姿。今度は違った意味で胸が騒めく。

「……僕もなんだか疲れちゃったよ。ね、伊織くん？」

「っ！　あぁそうだな、オレもなんだか喉渇《のどかわ》いてきちゃった。恵麻はどうだ？」

「え、あ、うん。そうね」

「姫子ちゃんに沙紀ちゃんも――」

それに気付いた一輝も、伊織や姫子たちに移動しようと促す。

相変わらずこういうところによく気が回り、小憎らしい。

「……あんがと」

春希は誰に言うわけでもなく、ポツリとお礼の言葉を呟《つぶや》いた。

展示ホール隣、専門店街の屋上庭園は閑散としていた。

時折展示ホールからの騒めきが風に乗って耳朶《じだ》を叩《たた》く。それだけ2人の人気の高さが窺《うかが》える。突発的に始まったイベントということもあり、ここなら桜島も現場を離れてやってくることはないだろう。

春希は近くの自販機で買ったお茶のペットボトルを手で弄《もてあそ》びながら、周囲に目を走らせた。

背の高いビルに囲まれ、ここだけぽっかりと空いた穴のよう。空が狭く緑も多いこともあり、少しだけ月野瀬を連想させられる。

しかしこの場の空気は田舎ののどかさとは裏腹に、どこか落ち着かない。

やがて恵麻が皆の心を代弁するかのように口を開いた。

「えっと、何がどうなってるんだろ……」

互いに探り合うかのように視線を絡ませる。

そもそも、春希だってさっきのことは色々とよくわかっていない。

隼人の方を見れば、困った顔を返されるのみ。

何とも言えない空気が流れる。

するとやがて一輝が、「はぁ」とあからさまな大きなため息を1つ。

そして観念したとばかりに両手を軽く上げて、春希に向き直った。

「すまない、二階堂さん。それに皆も」

「……へ？」

「きっと二階堂さんがさっきのような状況に巻き込まれたのは桜島さんのせいだと思う。

ほら、MOMOの近くに居た背の高いスタッフの人。あの人、腕は確かなんだけど強引なところがあるから……」

「は、はぁ……」

何故かいきなり謝罪された。余計にどういうことかわからず、返す言葉も生返事。田倉真央と自分の関係で桜島が関わってきていたと思っていたから、なおさら。

だが気になることがあった。

どういうわけか一輝の話しぶりから、桜島のことを知っているらしい。

隼人と沙紀と視線が合えば、2人もどういうわけかと首を捻《ひね》り返す。

そしてわけがわからないのは他の皆も同じようで、伊織が代表してどういうことだと言葉を繋《つな》げる。

「えーっとその一輝、桜島って人は何なんだ？　てか、一輝と知り合いか何かなのか？」

「桜島さんは芸能事務所の、スカウトとかもするプロデューサーなんだ。モデルに役者にアイドル……その辺にすごく鼻が利く人でね、MOMOや愛梨を発掘し、キャラや取材時のトークとかも監修、この1年で飛躍的に有名にさせた手腕は見ての通りだと思う」

先日、病院で遭遇した彼の言動とも一致する。

春希の眉間《みけん》にますます皺《しわ》が寄る。

「へぇ、やけに詳しいのな、一輝。何だか実感籠《こ》もってるし」

「あぁ、うん、ちょっとね……」

「え、待って、はるちゃんがそんな人に目を付けられたってことは──ぁ」

姫子が驚きの声を上げかけるも、途中で何かに気付いたように口を噤《つぐ》む。

すると隼人が何かを言いかけた妹の代わりに、質問を投げかけた。

「桜島って人のことはわかった。やり手だってことも。だけど、それで何で一輝が謝る必要があるんだ？」

「それは──」

そこで一輝は言葉を区切り、自分の中で何かを整理するかのように大きく息を吸う。

そしてぐるりと皆の顔を見まわし、意を決した表情で口を開き爆弾を落とす。

「その、実は今まで皆に隠していたことがあるんだ。ＭＯＭＯの本名は──海童百花《かいどうももか》」

「え？　海童、百花……？」

「僕の、実の姉なんだ」

「「「「──っ!?」」」」

その威力は皆の思考を真っ白に染め上げ言葉を失くさせるのに、十分なものだった。

第5話　たとえ違う自分になったとしても

その日の夜。

隼人《はやと》は早々に布団に潜り込んだものの、なかなか寝付けないでいた。

昼間のことで身体も、そして心も疲れているはずなのに、妙に気が昂《たかぶ》って目が冴《さ》えている。

「…………ふぅ」

ごろりと何度目かの寝返りをうち、暗い天井に向かってため息を吐く。

首だけ動かして机の上の目覚まし時計に目をやれば、日付を少し回ったくらい。

そのまま秒針が半円を描くのを眺めるものの、眠気が訪れるどころかますます目が冴えてくるような気がする。

やがて隼人はどこか諦《あきら》めた顔で身を起こし、ガリガリと頭を掻《か》きながらスマホを引《ひ》っ掴《つか》んでベランダに出た。

遠目には真夜中にもかかわらず多くのビルに点された灯りが街と夜空の境界をぼんやりと侵食し、曖昧《あいまい》なものにしている。

「……月野瀬《つきのせ》とは違うな」

様々な思いを込め、そんなわかり切ったことをポツリと呟く。

眠れない原因なんて明白だった。

ふと手元のスマホから、とある画像を呼び出し開く。

そこに映るのはＭＯＭＯ《百花》と共に唄《うた》う春希《はるき》の姿。

あの時の周囲の盛り上がり、その熱が、未だ胸で燻《くすぶ》り焦がしている。

舞台の主役は誰がどう見てもＭＯＭＯだった。

即興で振《ふ》り撒《ま》く愛嬌《あいきょう》、周囲の空気を呑《の》み込み纏《まと》め上げるカリスマ、その華やかさや存在感。あぁなるほど、姫子《ひめこ》や年若い少女たちが夢中になるのも無理はない。

そしてあの突発的な舞台を完璧《かんぺき》に支えていたのが、春希だった。

あくまでＭＯＭＯが主役になるよう低く抑えた音程でのユニゾン、要所を押さえたハモりにコーラス、奔放に動き回る彼女に合わせ引き立つような立ち回り。

もしＭＯＭＯが一際輝く太陽だとすれば、春希はその光を受けて輝き様々な姿を見せる月。まるで惑わされるように見入ってしまう。

だから隼人は他の多くの人がそうしているようにスマホのカメラを向け、その移り行く瞬間を逃すまいと、画面の中へと切り取ってしまった。

「……綺麗《きれい》、だよな」

画像の春希を見ているうちに、思いもよらない言葉を零す。

そんな自分が信じられないとばかりに瞠目《どうもく》し、不埒《ふらち》とも不純とも感じてしまった想いを振り払うように頭《かぶり》を振った。

はぁ、と自嘲《じちょう》の込められたため息を零し、再びスマホに目を落とす。

スマホの中の春希は決して華やかというわけじゃない。だけど様々な魅力ある姿を映しており――そして瞳《ひとみ》に誰も映していないことに気付く。

するとぞくりと、背筋に薄ら寒いものを感じた。

『ボクのはね、名前も顔も知らない誰かに向けた取り繕うためのもの』

ふいに月野瀬で春希が零した言葉を思い出す。

春希が隼人をよそに、どこか遠いところへ行ってしまうという恐れにも似た感覚。

そして桜島《さくらじま》という敏腕プロデューサーが春希に目を付けたということが、まるでそのことを裏付けているかのよう。

胸に言いようのない不安が渦巻く。

そして隼人は、自分の力でもどうしようもないことがあるということを、知ってしまっている。

『MOMOの本名は――海童百花《かいどうももか》。僕の、実の姉なんだ』

今度は一輝《かずき》が言ったことを思い出す。

すると途端に、何だか住む世界が隔たれているのではという思いに襲われ――

「あぁ、くそっ！」

それを認めまいとガリガリと頭を掻き乱し、西空へと手を伸ばした。

街灯りに侵食され輪郭もぼんやりさせて浮かぶ少しばかり欠けた月を摑もうとするも、するりと逃げるように手のひらからすり抜けていく。

握りしめられた拳《こぶし》が曖昧に夜空を漂う。

「……俺、何やってんだろ」

胸の中には言いようのない焦燥感が渦巻き、慌ててそれを誤魔化すように月に背を向け、部屋へ戻った。

翌朝。

結局この日はあまりよく眠れなかった。

思考は鈍く、しかし身体に染みついた習慣に従って朝食の準備をしていると、ガチャリとリビングの扉が開く。現れたのは隼人と同じく、顔に寝不足を貼り付けた姫子。

そのくせ髪はきっちりセットされており、制服にも着替えている。

普段ならきっと、その珍しさから今日は雪か槍《やり》が降るんじゃないかとか、いつもこうだったらいいのにと軽口を叩くところだが、今朝に限ってはその理由もわからないでもないので、何とも言えず眉《まゆ》を寄せるのみ。

姫子はそんな兄の顔を見て、口を開きかけ、もごもごさせ、結局何も言わずダイニングテーブルに着く。隼人から見ても、姫子が何かを言いあぐねているのは明白だった。

それは隼人にとっても同じで、そもそも何を言っていいのかわからない。

やがて朝食が出来上がり、霧島兄妹《きりしまきょうだい》は黙々と俯《うつむ》き加減《かげん》で機械的にそれを口に運ぶ。

「……」

「……」

やけに静かな食卓を囲み、いつもより少し早めに家を出た。

待ち合わせ場所には既に春希と沙紀《さき》が待っていた。

「あ」

こちらに気付いた沙紀は小さく声を上げ、春希は少し戸惑いを見せた顔で言《い》い淀《よど》み、何とも言えない表情で挨拶《あいさつ》代《が》わりに軽く手を上げる。そして春希の顔を見た隼人は昨日のことを思い返しドキリと胸を跳ねさせるも、慌てて頭《かぶり》を振って同じく軽く手を上げ、「おう」と応えた。

「……ん」

何ともギクシャクした空気の中、誰からともなく歩き出す。

青く澄み渡る空はうろこ雲でぼんやりと隠され、秋めいた冷たい風が頰を撫《な》でる。時折駅へと向かうバイクや自転車が傍を駆け抜けていく。

やがて春希が躊躇《ためら》いがちに口を開いた。

「……海童のお姉さんのこと、ビックリだったね」

「あぁ。でもある意味、納得しているところもあるんだよな」

「そーだね、なんとなくわかる」

「私はそちらもですが、佐藤愛梨《さとうあいり》のことも……」

「何で隼人がモデルの子と、って不思議だったけど、海童繫がりだったんだね」

「……まぁな」

佐藤愛梨。一輝の元カノ。

一輝からは彼女とは形式上付き合っていただけと聞いているが、しかし愛梨の話しぶりからはどうにも齟齬《そご》を感じる。

そして昨日のあの場を収めてくれたのは、彼女の機転のおかげだった。どういうつもりだったかわからないが、これは大きな〝借り〟かもしれない。そのことを考えると、ますます眉間に皺が寄る。

会話も途切れ、元の空気に戻っていた。

やがて分かれ道に差し掛かり、場違いかもしれないがこれだけは言っておかなければという気持ちを、ポツリと口から零す。

「祭り、どうなるだろ。楽しみなんだけどな……」

学校が近付くにつれ同じ制服姿が増え、ところどころで挨拶を交わし、和気藹々《わきあいあい》とした様相へと変わってくる。

グラウンドで朝練をする運動部を横目に、今朝はサッカー部が活動してないことを確認してから昇降口へと身体を滑らせる。

「……ぁ」

「……うす」

「……んっと」

「……うん」

すると珍しいことに、そこでばったり伊織《いおり》と恵麻《えま》に出会った。

やはりこの2人も昨日のことで尾を引いているのか、言葉に詰まってしまう。

4人が顔を突き合わせまごつく空気を醸成していると、そこへ「あ」と気まずそうな声が響く。丁度一輝も登校してきたところだった。

一輝の動揺はよくわかった。平静を装おうといつもの笑みを作ろうとしているものの、あまりにぎこちなく、痛々しさすらある。

だがそれはこちらも似たようなもの。

それでも隼人は拙いながらも無理矢理笑みを作り、声を掛けた。

「よう、一輝。おは――」

「っ！」

しかしそれを合図にして、一輝は脱兎のごとくこの場を駆けだす。止める間もなく、あっという間だった。

後に残された隼人たちは苦笑しつつ、しかし少しの安堵《あんど》の混じったため息を漏らした。

この日の一輝は休み時間も、昼休みになっても、顔を出さなかった。

「来ないな」

「あぁ」

いつもならとっくに顔を出している時間になっても来ないので、春希や伊織、恵麻たちと頷《うなず》き合い、一輝の教室を目指す。

そしてやはりというべきか、一輝の姿はなかった。

「海童くん？　さぁ、今日もお昼になると同時に出ていったけど」

クラスメイトを摑まえ訊《たず》ねてみるも、そんな言葉が返ってくるのみ。

一応とばかりに食堂に顔を出してみるものの、その影も見えない。

どうやら意図的にこちらを避けているようだった。

ついでとばかりに食堂でお昼を済ます。

「参ったな……」

「これからどうする？」

「園芸部に顔を出すよ」

「そっか」

そして春希と共に校舎裏の花壇を目指す。

校舎の裏手は相変わらず閑散としていた。

昼休みの喧騒《けんそう》がどこか遠くのことのように聞こえてくる。園芸部の花壇の他は、ごみの集積所がある程度。お昼ともなれば、ここを訪れる人はほぼいない。

それでもここにいるだろう見慣れた小柄な同級生の姿を期待して顔を出せば、意外な光景に間抜けた声が漏れる。

「――ぁ」

花壇の隅の木陰で、みなもと一輝が顔を突き合わせていた。思いがけない組み合わせに目をぱちくりさせてしまう。

こちらに気付いた一輝はバツの悪い顔を作り、足早に去ろうとする。

みなもはおろおろとこちらと一輝に目をやるも、やがて我に返った春希が傍に寄り訊ねた。

「みなもちゃん、海童と何話してたの？」

「えっとその、詳しくはわかりませんが、人に言い辛い家族のことを知られた時、どんな顔をすればいいかって……」

「そんなことをみなもちゃんに？　……海童っ！」

「春希っ！」「春希さんっ！」

「っ⁉」

みるみる表情を険しくした春希は、まるで引き絞られた弓から発射された矢のように飛び出し、一瞬にして一輝との間を詰める。

一輝は突然の春希の行動に肩をビクリと震わせ後ずさろうとするも、腕を掴《つか》まれそれは許されない。射貫くような視線を向けられ、困惑に塗れた表情を浮かべ、たじろぐ一輝。

春希はいっそ睨《にら》むといえる視線を向けながら深呼吸を1つ。そして後ろから追いかけてきている隼人とみなもを一瞬ちらりと見やり、向き直る。

「あのさ、家族のことで人に言えないようなこと抱えてるの、海童だけじゃないから。隼人だって、みなもちゃんだって、ボクだって……だからっ！」

春希はそこまで言い切り、払いのけるように掴んだ手を離す。

そして今度は隼人とみなもの手を素早く掴み、花壇の方へと足を向けた。

「行こ、隼人っ、みなもちゃんっ」

「お、おい」

「えぇっと……」

「……っ」

春希に手を掴まれた隼人とみなもは互いに顔を見合わせ、首を捻《ひね》る。

不満を隠そうとしない春希に、掛ける言葉は見つからなかった。

放課後を告げるチャイムが鳴るや否や、春希はダンッと勢いよく立ち上がり、隼人の腕を取る。

「行くよ、隼人」

「ちょ、おい、行くってどこに⁉」

「いいからっ！」

「……ったく」

優等生の仮面はどこへやら。いつもの春希らしからぬ言動に、クラスメイトの視線が突き刺さる。

しかし春希はそんなことは知ったことかと、ぐいぐいと引っ張っていく。

隼人は慌てて鞄《かばん》を引《ひ》っ摑み、廊下、昇降口と大股《おおまた》で行く春希の背中にため息を1つ。周囲に視線を巡らせる。チャイムと同時に飛び出したので、人の姿が少ないのが幸いか。

こういう時の春希は言っても聞かないというのがわかっているので、されるがまま付いていく。

やがて住宅街を小走りともいえる速度で駆け抜け、やってきたのは春希の家だった。

手を引かれたままガチャリと鍵《かぎ》を開け家の中へ入り、ドタドタと階段を上がって春希の部屋の前へ。

そして春希がドアレバーに手をかけたところで、「あ！」と声を上げた。

「ちょっとそこで待ってて！」

「……おぅ」

そう言って勢いよく扉が閉められ、ガサゴソ何かをする音が聞こえてくる。

一体何なのだろうか？

色々思い巡らせてみるが、見当もつかずわからない。

しかしこうして振り回されるのも月野瀬に居た頃からよくあったこと。

考えるだけ無駄だと思い、頭《かぶり》を振って周囲を見回す。

思えば最近霧島家で夕食を共にするようになり、沙紀も都会《こちら》にやってきたこともあって、ここを訪れるのも随分久しぶりだ。廊下から確認した限り、特に変わりはないように見える。相変わらず生活臭に乏しく、どこか冷たいイメージを抱く。

（……ここに1人で住んでるんだよな）

そのことを思えば、眉間《みけん》に皺《しわ》が寄る。

しかしなんとも言い難い感情が渦巻くと共に、鼻腔《びこう》をくすぐる自分の家とは違う、少し甘いような香りにくらりとした。してしまった。

きっとそれは春希の匂いだろう。当然だ。だってここに1人で住んでいるのだから。だからそのことが、どうしてか春希と2人きりだということを意識させてしまう。

今までも何度かこの家を訪れている。それに2人きりというシチュエーションは珍しいことじゃない。

今も。……そして、かつても。

だというのに、先ほどから扉越しに聞こえる衣擦れにも似た音が妙な想像を掻《か》き立て、やけに落ち着かない。

「……くそっ！」

顔を顰《しか》めガリガリと頭を掻くのと、ガチャリと扉が開くのは同時だった。

「おまたせ！　どうよ⁉」

「え？」

思わず素《す》っ頓狂《とんきょう》な声が漏れる。

目の前でビシッとポーズを決める春希は、どういうわけか金髪だった。ふわふわとした髪をツインテールにしており、いつもきっちりとしている制服を着崩し、スカートだって見たことのない短さだ。胸元ではキラキラしたペンダントが輝き、メイクも華やかに決まっている。そんな第一印象はとにかく派手な、いつもの印象とは真逆のギャルといった様相だった。

「え、春希……？」

「そうだよ？」

「髪、金……」

「あ、これウィッグ」

「なるほど？」

思わず疑問形になってしまうほど、別人のように見えてしまった。

一体どういうつもりなのかわからず、その場で固まり目を白黒させていると、春希がにやりと笑う。

その片手にはスプレー缶、もう片方の手をわきわきさせてにじり寄る。

「次は隼人だね」

「俺？」

「いいから座って」

「お、おぅ……って、それ何だ？」

「ヘアカラースプレー。大丈夫、洗えばすぐ落ちるやつだから。多分」

「多分って」

「ボクも初めて使うからね！」

ウィッグもヘアカラースプレーも、いつの間に買っていたのだか。

戸惑う隼人を勢いのまま廊下に座らせ、髪ゴムで少しばかり伸びた髪を束ねながら、スプレー缶から泡を出してはコームを使って梳《す》く。

されるがままになることしばし。

やがて弄り終えた春希がドヤ顔で手鏡を持ってきて隼人へと向けた。

「……うわ」

思わず変な声が出る。

そこに映っているのは赤色のメッシュが特徴的な、自分であって自分じゃない軽薄そうな顔。

隼人が目をぱちくりとさせていると、横から春希がどうせならとネクタイを緩めたりシャツのボタンを開け、裾《すそ》を出したりなどして制服を着崩せば、誰だコイツ？　と思ってしまうような男子がそこに居た。ギャルとかとよく一緒に居そうな、そんないかにもチャラそうな姿だ。違和感と気恥ずかしさからムズムズしてしまう。

「うんうん、それっぽいじゃん」

「……なんだよ、これ」

一体どういうつもりだと視線を向ければ、春希はにししと笑って片目を瞑《つぶ》り、グッと親指を立てる。

「今日はこの格好で街へ遊びに繰り出そうぜ！」

「は？」


またも春希に手を引かれ、電車に揺られて都心部の繁華街へ。

道中、電車内でもちらほらといつもより多くの視線を投げかけられていた。ただでさえよく目立つ春希が、派手で人目に付きやすい恰好《かっこう》をしているので、当然だろう。

隼人の目から見ても、見慣れない姿ではあるが、その華やかにされた顔《かんばせ》に非の打ち所のないスタイルは、美人は着る物を選ばないということがよくわかる。

そして周囲の視線は、春希の隣にいる隼人にも集まっていた。

堂々としている春希と違って、見た目に反して自分はオドオドしていないだろうか？　変に思われていないだろうか？　いつもと違う装いをしているというよりかは、仮装をしているという意識が強く、落ち着かない。

ふと、ガラス越しに映った姿が目に入った。

……意外というか、うん、なかなかどうして。

変ではない、はず。そう思いたい。

そしてやがて、とあるビルの前へとやってきた。

「着いたよ！」

「ここは……ゲーセン？」

「そそ、今日の目的はアレ！」

「アレは……」

少しばかり眉《まゆ》を寄せる。

春希が指差したのは、撮影した写真を加工してシールにする筐体《きようたい》。昔から女子たちの間で定番のものの1つであるが、男子にはあまり縁のないもの。もっとも田舎とも縁がなく、隼人にとって初めて見るものでもある。

「今日はさ、なんかこの格好っぽいことをやってみようかなって」

「ほう？」

形から入るための、この格好なのだろうか？

意気揚々と筐体へと突撃する春希を追いかける。

「ポーズを取ってください？　ポーズって何？　どうすればいいの……ってこう⁉　ね、

隼人もほら！」

「お、おぅ……って、釣られてやってしまったけど、これってガキの頃に流行《はや》ってた特撮ヒーローのじゃねぇか！」

「ふひひ、隼人なら合わせてくれると思ってたよ」

「ったく」

「えぇっと次は……へぇ、色々な機能があるんだね。これはっと……ぷっ！　隼人の目、めっちゃキラキラしてる～っ！」

「わはは、なんじゃこりゃ⁉　んじゃこっちはっと……うわ、なんか目がやたらと大きくなったぞ⁉」

「あはははは、なにこれ～！　あ、他にも動物の鼻とか耳を付けられるみたいだね」

「って、おい！　残り時間が！」

「え、わ、ちょ、どうしよ⁉」

「何でもいいから、とにかくそれっぽくしよう⁉」

「ら、らじゃ！」

隼人、そして春希もこうしたものに触れるのは初めてなので、手探り状態。

結局、制限時間いっぱいを使ってプリントされたものは、それはもう子供のおふざけという言葉がぴったりなもの。

そのあんまりな出来栄えに、一体これをどうすればいいのかと、2人声に出して笑った。

次に訪れたのは、SNS映えするということで有名なソフトクリーム屋が、期間限定で出店しているところ。

隼人は同世代のきゃぴきゃぴした女の子に圧倒され春希に揶揄《からか》われながらも、手にしたソフトクリームに度肝を抜く。

「……これはでかいな」

「……うん、それにすっごくカラフル」

ラムネ、抹茶、ストロベリー、レアチーズ、チョコレート、バニラ、紫いも、桜ラテと、全てのフレーバーを載せ8段に重ねたソフトクリームの大きさと鮮烈さは圧巻の一言。

なるほど、SNS等で話題になるというのも頷《うなず》ける。だが隼人は眉を寄せた。

「……こんなに食べて、夕飯大丈夫かな？」

「もう、隼人ったらそんな野暮なこと言ってさー。今日は特別、ってことでいいじゃん」

「それもそうだな。っと、春希、これ写真に撮らなくていいのか？」

「あ、うーん。そうだね……」

ちらりと周囲を見回してみれば、スマホで撮影する人の姿が目に入る。

彼女たちは一様に色んな表情や手などを使って何度も撮影しており、いかにソフトクリームが際立つようになるか計算しているのだろう。

春希が、むむむと唸《うな》る。

時折色んな表情や手を動かし、どんなポーズにするかを考えているらしい。

特にそういうことにこだわりのない隼人は、どうしようかとソフトクリームを見て、スマホでシンプルにそれだけを撮った。画面の中で色鮮やかに写るそれは、話のネタになるだろう。ふと、姫子が「ずるい！」と叫ぶ姿が脳裏に過り、くすりと笑う。

「ね、隼人。このカラフルさってさ、魔法少女もののステッキとかに通じるもの、ない？」

「そうとも言えるか？」

そう言ってにやりと口元を歪《ゆが》めた春希はくるりと身を翻し、日曜朝にやっていそうな魔法少女シリーズものっぽいポーズを決める。

「『なめらかクリームで蕩《とろ》ける心、キュ――』あ⁉」

「っ⁉」

しかしソフトクリームをバトンのように振り回したせいで、重力に従い、コーンから崩れて地面に落ちそうになる。春希はそれを阻止しようと、慌ててソフトクリームを摑《つか》む。

床への落下は免れたものの、手はべっとりとソフトクリームで塗れてしまう。にちゃっとしていて気持ち悪いのか、顔を顰《しか》める。

「大丈夫か、春希」

「ボクの手以外はなんとか。あーあ、写真撮り損ねちゃった」

「あーそれだけどその、これ……」

「うん？　……ぷふっ！」

隼人が申し訳なさそうな顔で、スマホの画面を春希に見せた。

そこに映っているのは、落としかけたソフトクリームに慌てた顔で手を伸ばす春希。本人も思わず吹き出してしまう、なんともアレな姿である。

「その、悪ぃ。何とかしようとしたけど両手が塞《ふさ》がってて、力を入れた拍子に撮っちゃってさ」

「あはは、なら仕方ないね。許す。それ、後でボクのスマホにも送ってよ」

そう言って春希はぺろりと手に付いたソフトクリームを舐《な》めて、にしししと笑う。

隼人も釣られて笑みを見せ、「おぅ」と応えて自分のソフトクリームを舐めた。

ソフトクリームを食べ終え、春希がビルのトイレで手を洗った後、ランドマークともいえる高層ビルへと向かった。目的はその最上階にある展望台。

都心部に来る度に目にしていたものの、中に入ったことはない。ここを選んだのはただの好奇心だ。

「……わ」

「……すっご」

直通エレベーターを降り、まず目に飛び込んできた外の景色に感嘆の声を上げる。

眼下一面にどこまで広がる街並みは、様々な大きさの建物があるがしかし、どんぐりの背比べとも言えるように地面に張り付けられており、そのどれも一様に等しく小さく見える。そう、とても小さく。

建物でさえこれだけ小さく見えるのだ。その中にいる人間は、果たしていかほどか。

「……ボクたちの住んでるとこってどこだろ？」

「……あの辺、じゃないか？」

「あはは、小さくてわからないや」

「そうだな」

見渡す限り複雑に入り組む街の顔は同じ様相が1つとなくて、まるで迷路のよう。

だけど、普段は目に映るこの街で色々あって、生きている。

しばし、立ち呆《ほう》けながら景色を眺める。

西の空は少しばかり赤く色付き始めていた。

まだ早いと言える時間だが秋の日は釣瓶落とし、油断しているとすぐに暗くなってしまうだろう。

この瞬間も刻々と、今日という日が終わっていく。

「ボクたちの住んでるところって、大きいんだね」

「俺さ、今初めて都会に来たんだって実感してる」

「月野瀬で高いところ……山を登り切ったところで見たのは、一面水のダムだったよね」

「あぁ、こっちとは全然違うな」

「……ボクさ、ちょっと隼人が原付欲しいって気持ち、わかったかも」

「うん？」

「だってその気になればさ、この目に映るどこにでも行ける——そう思うと、なんかすごく自由になれると思って」

「……ははっ、だろ？」

隼人は自分の心の中で思っていたことを言い当てられ、照れ臭そうに頷く。

西日に照らされ頰を赤く染めた春希もはにかみ返す。

まるで幼い頃、悪戯《いたずら》を思い付いたり秘密を共有したりした時のような、妙にむず痒《がゆ》い空気が流れる中、ひとしきり街の景色を眺めるのだった。


電車から降り、改札を抜ける。

自分たちの住む街に戻ってくる頃には、西空はすっかり茜色《あかねいろ》に染まっていた。

疲れたとばかりに手を上げ大きく伸びをすれば、同じく伸びをしていた春希と目が合う。

「んー、ちょっと疲れたかも」

「俺も。今日はちょっと夕飯作る気力もないや」

「あはっ。で、今日はどうだった？」

「そうだな……色々新鮮で、なんだかんだで楽しかったな」

「ボクもだよ。ほんのちょっとした思い付きだったけどね」

「ま、春希のそれに振り回されるのも昔からか」

「ふふ、そうだね。結局どうあろうとボクたちはボクたち、ってことなんだよ」

「あぁ——うん？」

「電話？　誰から？」

通話を告げるスマホを取り出し見てみれば、姫子から。

春希に一言断りを入れてからタップする。

「姫子――」

『おにぃ、今どこ!?　晩ご飯は？　はるちゃんは？　お腹空いた！　沙紀ちゃんももう来てるよ!?　沙紀ちゃん、下準備必要ならするって言ってるし！』

するとたちまち姫子の苛立《いらだ》ち混じりの不満気な声が矢継ぎ早に飛び出してくる。

思わずスマホを耳から離して顰め面。その間も姫子の文句が垂れ流されていく。

確かにいつもならもう少しすれば夕飯を食べている時間帯だ。しかしこれから準備するとなれば、かなり時間がかかるだろう。

ふと隣で肩を竦《すく》める金髪状態の春希が目に入り、閃《ひらめ》く。

「今日はピザを取ろう」

『え、ピザ!?　わ、わ、ピザって宅配とかしてくれる、あのピザ!?』

「あぁ、店頭で買って帰ると半額になってもう1枚無料になるやつ。駅前からちょっと行ったところにあるだろ？　春希も一緒だしな」

『やたーっ！　あ、おにぃコーラ！　あたしコーラも欲しい！　忘れちゃダメだかんね！』

「はいはい」

『沙紀ちゃーん、聞いて聞いて!?　ピザ！　初めて！　今日ピザだって！　宅配の！　買って帰ってくるみたいだけど！』

「……ったく」

ピザという月野瀬にはなかったものにすぐさま機嫌を直しテンションを上げる姫子。

隼人は相変わらずチョロい妹に苦笑しつつ通話を切り、春希に向き直る。

「てわけで今日はピザにした。これも初めてだな」

「実はボクも。あれって1人じゃ食べ切れる量じゃないから、頼んだことないんだよね」

そして浮き立つ足取りでピザ屋を目指す。

歩きながら今日のことを思い返す。

いつもと違う誰かになって、普段はしない遊びをして、初めてのピザ屋を夕食にしてみても、何かが変わったわけじゃない。

そのことを確認した隼人は、今この胸にある心からの想いを零す。

「明日《あした》の秋祭りさ、楽しみだな」

振り返った春希は目をみるみる大きくさせ、息を呑《の》む。

「うん、そうだね！」

そして心からの笑顔を咲かすのだった。

第6話　ふざけないで！

部活を終えた学校からの帰り道。

一輝《かずき》は急行電車で、いつもより1つ前の駅に降りた。

初めて目にする構内に少し戸惑いつつ、改札を抜ける。

目に映るのはよく知らない街。夕暮れ時ということもあり、会社や学校帰りの人たちや、近隣から買い物にやってくる人たちで溢《あふ》れている。

ここで特に何か用があるというわけじゃない。

ただ、すぐに家に帰りたくなかった。

家の中で閉じ籠《こ》もっていると、嫌なことばかり考えてしまいそうだったから。

サッと周囲に視線を巡らし、大通りへと出て、家のある方向へと歩く。知らない道だが、線路を見失わないよう歩いていけば帰れるだろう。

猫背で漫然とアスファルトを眺めながら足を動かす。その表情は優れなかった。

胸の内はぐちゃぐちゃだった。

額に手を当てくしゃりと髪を掴み、はぁ、とため息を漏らすもしかし、すぐさまそれは傍の車道で排気音をまき散らす車の音に掻《か》き消《け》されていく。

頭の中では昨日からずっと、姉の秘密を打ち明けた時のことがぐるぐると渦巻いている。

姉の百花《ももか》は、ＭＯＭＯは、有名人だ。

そのことを知られたというのは、やはり気にならないと言えば嘘になる。去年あからさまに孤立していたにもかかわらず、それでも姉に取り入ろうと接触してきた人たちがいるから、なおさら。

彼らがそんな人でないということは、頭ではわかっている。信じている。

それにこれは、いつかは言わなければとも思っていた。

だけど昨日は突然で、心の準備ができていなかった。

皆の信じられないとばかりに驚く顔、何を話せばいいかわからないギクシャクした空気、自分に集まる視線。

それらは孤立していた時に感じたものと似ていて――だからあの時と同じ反応が彼らから返ってきてしまうと思うと、逃げ出してしまったのだ。なんて意気地なし。

彼らにどんな顔をすればいいかわからない。

今朝だって、せっかく隼人《はやと》が普段通りに取り繕って話しかけてきてくれたというのに。

不安に襲われると同時に、情けなさから目の前が滲《にじ》む。

その時、目の前から学生グループが歩いてきた。男女7人のおそらく年下、中学生だろうか。

祭りの屋台、集合場所、花火の時間、浴衣《ゆかた》がどうこうといった会話が耳に飛び込む。きっと、明日の秋祭りについて話に花を咲かせているのだろう。

胸が騒めく。

彼らがとても眩《まぶ》しく見える。

——明日の秋祭り、どうすればいいのだろうか？

もし、自分が行った時のことを思い巡らしてみる。

皆の浮かべるぎこちない笑み、当たり障りのない薄っぺらい表面だけの会話、探り合うような気を遣うだけのやり取り。

決して、楽しいと思えるようなものじゃないだろう。

「……姫子《ひめこ》ちゃん、きっとすごく楽しみにしているよね」

発案者である、友人の妹《姫子》の顔を思い浮かべる。

きっと裏表がなく取り繕うことが苦手な彼女のことだ。動揺を隠せず、おろおろとして表情を曇らせるだろう。昨日もそうだった。もしくはその状況に心を痛めて、傷付いた顔をするかもしれない。

——かつてプールで見せた時のように。

「っ！」

あの時のことを思い出すと、いつも胸が疼《うず》く。

せめて、いつだって底抜けに明るく、一輝をただの兄の友人としてだけ見てくれる女の子には、笑顔でいて欲しい。

「……やっぱり、行かない方がいいよね」

己に言い聞かせるように呟《つぶや》く。

自分さえ行かなければ、問題にはならないだろう。彼女の笑顔も守られるに違いない。

あぁ、大丈夫。

この件は、時間が解決してくれるはず。

だから理由を付けて明日の秋祭りは辞退する——それが最適解のはずだ。

一輝の中でそう結論付けた時には、いつもの見慣れた最寄り駅が近付いていた。家まではもう、ほんのすぐそこだった。

「ただい――」

一輝は帰宅の挨拶《あいさつ》と共に玄関を開け、そして密かに眉《まゆ》を寄せた。姉以外の見慣れぬ女性の靴があったからだ。

マイペースな姉にわざわざ振り回されるとわかっていながら、わざわざ訪ねてくる物好きは限られている。

該当する相手を思い浮かべつつ、少し憮然《ぶぜん》とした顔でリビングへと顔を出す。

「ただいま、姉さん。来てたんだね、愛梨《あいり》」

「お？」

「やほー、お邪魔してるよ、カズキチ」

一輝は予想通りの人物がいるのを確認し、そして2人が手にしているものを見て、スッと目を細める。

「それは……」

「うん？　浴衣。どう？」

そう言って愛梨は目の前で浴衣を当てて、くるりと回る。華やかで、彼女によく似合うものだ。

だけど一輝は返事に詰まってしまう。

どういうつもりだろうか？

昨日のことを思い返し、自分勝手とは思いつつも、一輝の中に釈然としないものがあるのは事実。

少し硬い声色で問いかける。

「……それ、どうするの？」

「あーしたちも秋祭りに行こうと思って」

「……その、また騒ぎになるんじゃ？　それに姉さん、そういうの苦手で引き籠もること多いのに」

「んー、下手に隠さず堂々としてたら、案外わからないんじゃない？」

「あーしらもJKらしく、そういうの楽しみたいし」

「屋台がうちを待っている」

「へ、へぇ……」

姉はいつも通りマイペースに爪を弄りながら答えた。

予想通りの答えに頬が引き攣るのを感じる。

よりによって秋祭りとは、という思いも。

はぁ、とため息を1つ。少々熱くなってきた頭を冷やそうとこの場を離れようとすると、愛梨から「ね」と引き留めるように鋭く声を掛けられた。

「カズキチたちもさ、秋祭り行くんでしょ？　なんならいっそ、あーしたちとも一緒に行かない？」

「あの長い黒髪の子、面白いし可愛かった。あの子レベルの子が一緒なら、うちらも目立たず騒がれないはずだし、お得」

「行かないよ」

「――え」

愛梨の驚く声が耳朶《じだ》を打つ。

一輝は自分でもびっくりするくらい、冷たい声が出た。

「行かない、というより行けない。その、昨日皆に姉さんがMOMOだってバレちゃってさ。今日も学校でもギクシャクしちゃってて、それで。……きっと僕が行ったら雰囲気悪くしちゃうから……だから、行けないよ。あははっ……」

そう言い切った一輝は、顔を逸らし睫毛《まつげ》を伏せる。自嘲《じちょう》を漏らす。

多分、当てこすりのように嫌味を言っている自覚はあった。それでも言い出すと止まらなかった。

愛梨や百花が悪いわけじゃない。あの件は偶然だったのだ。しかし、彼女たちが原因なのも確かだ。

頭では理解していても感情では割り切れていない。

言うだけ言えば、頭も少しは冷えてくる。

さすがに言い過ぎたことを自省し視線を元に戻せば、柳眉《りゅうび》を吊《つ》り上《あ》げやけに真剣な、いや、怒気さえ感じさせる愛梨の顔が飛び込んできた。

「ふざけないで！」

愛梨の鋭い予想外の声に、ビクリと肩を震わせる。

初めて見る顔をしていた。

「それとも……彼らのこと、バカにしてるの？」

「っ！　愛梨っ！」

しかし続く言葉で一気に頭に血が上り、荒らげた声を出してしまう。それは一輝にとって、とても許容できないものだった。

一輝は目に力を入れ、キッと射貫くように睨《にら》みつける。

しかし愛梨もますます眼光を鋭くし、言葉を返す。

「だってそれ隼人くんたちが、たかだかももっち先輩の、ＭＯＭＯの弟だって知られたくらいで態度変える人たちだって、そんな人たちだって言ってるのと一緒じゃない！」

「それは……君に何がわかる！」

「わかるもん！」

「っ！」

「私、話したもん！　昨日だってあの女の子と……とても一生懸命で素直で、人を色眼鏡で見るような人じゃないって、あいつらとは違うって……っ！　そんなこと、一輝くんの方が、よっぽど知ってるでしょ!?」

「っ！　それは……」

「なら！　なら、どうして友達のことが信じられないの……？」

愛梨は目尻《めじり》を潤ませ、震えた声で言葉を零す。

それはまるで祈りにも似ていて――だから一輝の心にするりと入ってくる。

まったくもって、その通りだった。

隼人たち、友達のことは信じている。

信じていないはずがない。

これまでの短いとは言い切れない付き合いの中で、そんなことはよくわかっている。

それでも胸に手を当て色々と思い返せば、かつてのことが脳裏に過り、くしゃりと顔が歪《ゆが》んでしまう。

ここにきて躊躇《ちゅうちょ》している理由は1つ。

「――怖いんだ」

「……怖い？」

「気を遣わせるのが、失望されるのが、今までの自分と違うように思われることが……嫌われたくないんだ……」

そう、怖い。嫌われたくない。

思えばそんなことを、かつての元カノ《共犯者》に吐露していた。

いくら信じていても、かつて裏切者と誹られた時の痛みが、ずっと心の中に打ち込まれズキズキと痛んでいる。なんとも情けないことだろう。顔を歪ませる。

臆病《おくびょう》になっているのはわかっている。それを脱却しようともしていた。

しかし結局はてんでダメダメで、自嘲してしまう。

だけど愛梨は、そんな一輝に包み込むような笑みを浮かべる。

「そんな顔しないで」

「……え？」

「そんな無理してますって笑顔をしてたらさ、あの人たちは一緒に胸を痛めちゃう……そんな素敵な人たちでしょ？」

「だから、ちょっぴり勇気を出して笑うの。胸を張ってね」

「……うん、そうだ。そうだね。ありがとう、愛梨」

「ふふっ、どういたしまして」

そう言って愛梨はふわりと笑い、そして一輝を回れ右させて、ぐいっと背中を押す。

「愛梨？」

「ほら、善は急げ。隼人っちとか、やきもきしてんじゃない？」

「あぁ、そうかも」

「でしょ？」

どうやら自分の部屋に戻って、早く連絡取れと言いたいらしい。

しかし違和感を覚えた。

そしてその理由にすぐに気付く。

愛梨の表情が、契約上で付き合っていた頃と違う。

だけどそれは――

一輝は躊躇いを覚える。それは愛梨にとってポジティブなものなのか、ネガティブなものなのか。

「……ぁ」

言えば不快にさせたり、傷付けたりするかもしれない。

だけど、せっかく勇気を出すことを教えてもらったばかりなのだ。そして、伊織《いおり》と恵麻《えま》からは言葉にすることの大切さを教えてもらっている。

んっ、と息を呑《の》んで口を開く。

「その、さっきの愛梨の言葉って、すごくまっすぐだった。あの時、中2の体育祭のリレーの時みたいに」

「…………………え？」

「覚えてない？　優勝の掛かった大一番でさ、運動部ばかりで普通は怖気づいたり、負けて当然って思ったりするところなのに、それでも自分の出せる全力で走ってて、それが目に焼き付いていて眩《まぶ》しくてさ……だからあの時、初めて声を掛けたと思うんだけど……」

「……そんなことあったっけ」

「あはは、あったんだよ」

一輝は愛梨の訝《いぶか》しむ声を背にして、自分の部屋へと戻った。そして鞄《かばん》の中からスマホを取り出し、ベッドの縁に腰掛ける。

通話……するには、少々ハードルが高い。正直なところ直接声を交わすにも、もう少しだけ心の準備が要る。

だけど何かしら自分の意志を伝えたくて、メッセージを開く。

何度も書いては消してを繰り返し、日はとっぷりと暮れ部屋の明かりがスマホの画面のみになった頃、ようやく送ってもいいと思えるものを書き終える。

そして深呼吸をし、勢いのまま送信をタップした。

『明日《あした》、集合場所や時間に変わりはない？』

そんな何てことのない、普段を装ったメッセージ。

色々打算や予防線を張っている自覚もある。

やけに胸は騒がしく、返事がまだかともどかしい。

1分だろうか、2分だろうか、はたまた5分だろうか。

画面と睨めっこすることしばし。

気付いていないかもしれないし、すぐさま返事のできない状況かもしれない。そんなことを自分に言い聞かせ、腰を浮かせかけた頃、隼人から返事が来た。

『変わってない。現地に4時半』

素っ気ない、彼らしいもの。

しかし数行の空白の下に、もう1文が添えられていた。

『遅れるんじゃねーぞ』

そんな一輝が来ると確信している言葉に、「あぁ」と呟《つぶや》き目頭を熱くさせた。

◇◇◇

「あいりん、送ってく」

ぐうたらな百花にしては珍しく、そんなことを言った。

特に断る理由もなく、愛梨は煌々《こうこう》と街灯が照らす住宅街を、百花と手を繋《つな》ぎながら歩く。

やがて多くの車が行き交う大通りが見えてきた頃、愛梨はポツリと胸の内を零す。

「カズキチって卑怯《ひきよう》ですよね」

「……あいりん」

「私だけだと思ってたのに……あんなこと言われた方の身にもなってみろってーの」

「……うん、そうだね」

「あーもう、バカ！　バカバカバカ、カズキチのバカ！　女ったらし！　天然ジゴロ！」

「うちの教育の賜物が変な風に作用したかー」

そんな百花のツッコミに、くすくすと笑う。

しかし、愛梨はフッと表情を歪ませる。

「でもあんなことで嬉《うれ》しいと思っちゃって、余計に諦《あきら》めきれなくなる、私の、バカ……」

そう言って愛梨は涙で声を震わせるも、それは大通りを走るトラックに掻《か》き消《け》されていく。

足を止め、その場に佇《たたず》む愛梨。

百花はそんな愛梨を、横からぎゅっと抱きしめた。

「うちはあいりんのこと、好きだよ」

「…………うん」

第7話　秋祭り、大切な人と

秋祭りの日。

隼人《はやと》は洗面所でスマホ片手に、難しい顔を作っていた。

鏡に映っているのは浴衣《ゆかた》を着た、非日常的な自分の姿。

「変、じゃないよな……？」

浴衣なんて初めて着るものだから、スマホで必死になって結び方を調べた帯がちゃんとできているかどうか、ちゃんと着こなせているかどうか、やけに気にかかる。

すると不思議なもので、髪もちゃんとしているかどうかも気にかかってしまう。

前髪を一房摑《つか》み眉間《みけん》に皺《しわ》を寄せていると、リビングから急かす声を掛けられた。

「おにぃ、まだー？」

どうやら姫子《ひめこ》の方は、とっくに準備ができているようだった。いつもとは逆の構図に苦笑い。

そしてちらりと鏡の中の自分を見て、考えることしばし。

リビングに戻った隼人は、意を決して姫子に助けを求めた。

「なぁ姫子、髪何とかするの、手伝ってくれないか？」

「……へ⁉」

姫子の目が信じられないとばかりにみるみる大きく、丸くなる。

そんな妹の反応に、そこまで変なことを言ったのだろうかと憮然《ぶぜん》な顔を作った瞬間、姫子はシュバババッと駆け寄り手を引いてソファーに強引に座らせる。その顔に満面の笑みを浮かべ、うんうんと頷《うなず》いていた。

「いいよ、うん、おにぃ、いい、思った以上に似合ってる。明るい色合いで意外とかわいらしいし、せっかくなら髪もちゃんとそれに合わせたいって思うのも当然のことだよね！」

「っ！　お、おぅ、まぁ、うん……」

内心少し思っていたことを妹に見透かされたように指摘され、気恥ずかしさから素っ気ない返事をしてしまう。

しかし姫子はさほど気にせず、うきうきと兄の髪を弄る。

「そういや浴衣、おにぃが選んだの？　かなりいい感じっていうか、普段そういうのに興味がないから意外だったんだけど」

「最終的に決めたのは俺だけど、その候補を見つけてきてくれたのは一輝《かずき》だよ」

「っ」

何の気なしに出した一輝の名前で、一瞬ビクリと手を止める姫子。

少しマズかったかと眉《まゆ》を寄せるも一瞬、姫子はすぐさま手の動きを再開させる。

「そっか。じゃああたしもおにぃの友達のセンスに負けないよう、気合入れなきゃ」

「おう、任せた」

「もぉ、おにぃも自分でできるようになればいいのに」

「追い追い善処するよ」

「はい、できました！」

「ありがと」

「ほら、沙紀《さき》ちゃんやはるちゃんも待ってるだろうし、急いだ急いだ！」

「わかった、わかったって！」

仕上がりがどうなったか確認する間もなく、姫子は髪も話もそこで終わりと立ち上がり、早く家を出ようと背中を押す。

玄関で下駄を履くついでにそこにある姿見でちらりと見てみれば、そこには少々垢抜《あかぬ》けて洒落《しゃれ》っ気《け》をだした自分が映っていた。

気恥ずかしさから少し頬が熱くなるも、悪い気はしない。

隼人は足取り軽く駅前へと向かった。

最寄り駅に着くも、春希《はるき》と沙紀の姿はまだ見えなかった。どうやらこちらの方が先にやってきたようだ。

先に切符を購入し、スマホを弄る姫子の隣できょろきょろと周囲を窺《うかが》う。

祝日夕方に近くの駅前は、思った以上に活気に溢《あふ》れていた。

隼人たちと同じく祭りへ向かうのか、浴衣姿の人も多い。どこかそわそわとした落ち着かない空気がある。

こちらから見つけるよりかは、見つけてもらった方がいいかもしれない。

そう思いスマホを取り出そうとすると、遠慮がちに声を掛けられた。

「お、おまたせ……」

「あ、春……はる、き……？」

タイミングがいいなと思い顔を上げた隼人は、思わぬ春希の姿に息を吞んだ。吞んでしまった。

白地に金魚が泳ぐどこか子供っぽい柄に、鮮やかな赤の帯。長い髪はお団子にしているのだろうか？　正面からはちらりと髪飾りが見えるものの、それはショートカットのようにも見え、少し幼気《いたいけ》な印象を受ける姿は——かつてのはるきを連想させられてしまう。

きっとはるきが成長すれば、こんな感じなのだろう。

もし幼い頃、はるきがこんな風に浴衣を着てくれれば、男子と間違うこともなかったかもしれない。

「……」

「……」

唖然《あぜん》とした表情でただただ目の前の春希を見つめる。

やけに胸が騒がしい。

何か言うべきだとわかっているが、喉《のど》の奥がヒリヒリと乾き、言葉に詰まる。

ただただ、もどかしく見つめ合う。

「お、遅れてごめ～んっ！」

「「っ！」」

そこへ沙紀がやってきた。

その声でハッと息を呑《の》む。

「あ、沙紀ちゃん、全然大丈夫。今連絡しようとしてたとこ。あたしたちもまだ来たばかりだよ」

「わ、わ、電車来てるよぅ！」

「ほんとだ。せっかくだしアレ乗ろうおにぃ、はるちゃん！」

同時に踏み切りも鳴り出し、電車の到着を告げる。

ＩＣカードで慌てて改札を抜けた姫子と沙紀が、立ち止まってる隼人と春希に早く来てよと大きく手を振っている。

それを受けて隼人は「んっ」とだけ言って、ぶっきらぼうに手を差し出す。

春希が恐る恐るその手に触れれば、隼人はぎゅっと素早く握りしめ、引っ張った。

隼人はまるで当時の子供そのものな反応だという自覚もあり、俯《うつむ》き気味のその顔は、言い訳のしようのないほど真っ赤だった。

祭りのある神社は、いつも遊びに繰り出す都心部とは逆方向、郊外の方へ電車を乗り継ぎ30分ほどのところにある。

少し大きめの神社がある以外特筆すべきところのない街だが、この日ばかりは非日常一色に染め上げられていた。

改札を一歩出てまず目に入るのは、至る所に飾り付けられているのぼり旗に提灯、色とりどりの浴衣姿の人々に、彼らを呼び込む様々な屋台。非常に活気があった。それが奥にある神社まで続いている。

月野瀬《つきのせ》の儀式中心の祭りとは違う、まさに縁日。

「わ、すごい人だな。お祭りだからか……」

「ボクたちだけじゃなくて周りの皆も浴衣だらけだし、何だか違う国に来たみたいだね」

「沙紀ちゃん、はるちゃん、おにぃ！　見て見て、屋台がいっぱいだよっ！」

「あ、すごい～！　綿菓子がくるくる～って、ふわふわ～って！」

隼人たちは一瞬呆気《あっけ》に取られ立ち尽くすも、すぐに祭りの熱気が身体を包み、気持ちが高揚していく。

それは春希や沙紀も同じだった。そわそわと落ち着かない様子で瞳《ひとみ》を輝かせながら、物珍しそうに目の前の様子を眺めている。姫子なんて今にも駆け出していきそうだ。

「っと、伊織《いおり》や……一輝、たちはまだみたいだな」

少し硬くなった声色で呟《つぶや》き、周囲を見渡してみるも彼らの姿は見当たらない。

スマホを取り出し時刻を確認すれば、約束の時間まであと15分と少し。遅れるなどのメッセージも来ていない。

特に一輝には昨夜そのことで釘《くぎ》を刺したばかり。あの様子だとドタキャンすることもないだろう。

さて、中途半端な時間を持て余してしまうなと眉を寄せれば、隣からくぅと可愛らしい、しかし大きな腹の音が鳴った。

音の主と目が合えば、春希は頬を赤らめ俯きながら言い訳を紡ぐ。

「実は朝と昼、抜いてきておりまして……」

そんな春希らしい理由を告げられれば、隼人だけじゃなく姫子と沙紀も思わずプッと噴き出してしまう。

「もぉ～、笑わないでよ！　ボク、お祭りの屋台楽しみにしてたんだからね！」

「あはは、悪い、悪かった！　だから手を抓《つね》るなって！」

「春希さんってば……」「はるちゃんったら……」

春希が抗議とばかりに隼人の手の甲を抓り、隼人は痛いと言いつつも生暖かい目で笑いながら受け流す。

苦笑する沙紀、姫子はまぁた始まったとばかりに呆《あき》れ顔《がお》。

するとその時、春希以外からぐきゅうっと、これまた大きな腹の音が鳴った。

音の主に視線が集まる。姫子だった。

羞恥《しゅうち》で頬を赤らめた姫子は、コホンとその場を誤魔化すように咳払《せきばら》い。

そしておもむろに春希の手を強引に引いた。

「みゃっ⁉」

「はるちゃん、集合時間までちょっと時間があるし、皆が来る前にお腹の虫が鳴かないようにしとこ？」

姫子は早口でそんなことを言いながら、屋台へと突撃する。されるがままに連れ去られる春希。あっという間に人ごみの中へと消えていく。

そんな2人の背中を見送った隼人と沙紀は、顔を見合わせ苦笑い。

「ま、姫子もお昼抜いてたし、朝はヨーグルトだけだったたからな」

「実は私も、お昼はコンビニのサラダだけだったり」

「かく言う俺も、昼は少な目ご飯のお茶漬けだけなんだ」

「……くすっ」

「……ははっ」

沙紀がチロリと舌先を見せつつ悪戯《いたずら》っぽい顔でそんなことを言えば、隼人も実は俺もと秘密を打ち明け、くすくすと笑いあう。

なんだかんだで隼人も沙紀も、お祭りグルメが楽しみなのだ。

「……うん？」

「どうかしました？」

「あぁ、いや……」

ふと、やけに視線が向けられていることに気付く。

どうしたことだろうと彼らの見ている先を探れば、沙紀に行きついた。

先ほどは春希の件もあり、電車も思った以上に混んでいたこともあって、改めて沙紀の姿を見てみる。そして、あぁなるほどと納得する。

今日の沙紀の姿は紅地に白と黒でシンプルな模様が描かれた華やかな浴衣《ゆかた》に、特徴的な色素の薄い髪を巻いたツインテール。可愛らしくも華やかな姿だ。

月野瀬でよく見かけた巫女《みこ》服と同じ紅白が主体になった浴衣、髪だって同じ２つ結びだというのに、教室とかのカーストトップにいるような陽キャの女子めいたもの。

かつて月野瀬での彼女が目の前の女の子に塗り替えられていくような、そんな奇妙な錯覚に陥りドギマギしてしまう。

そんな沙紀がきょとんと可愛らしく小首を傾げて顔を覗《のぞ》き込んで来れば、慌てて言い訳のように口を開く。

「その何て言うか、今日の沙紀さん、月野瀬でのイメージとこないだの都会っぽさが同居してってさ、新鮮だけど懐かしさがあるというか、認識色々変わっちゃうというか……」

「ふふっ、そう言ってくれると嬉《うれ》しいです。実はその辺も意識していまして」

「えっと、その、非常に可愛らしいかと思い、ます……」

「か、かわっ……あぅぅ〜……」

先日同様またもしどろもどろになりながら、なんとか思った通りの言葉を捻《ひね》り出す。最近の沙紀には、どうも調子を狂わされっぱなしだ。……原因が明白なだけに質が悪い。

一方沙紀は隼人のストレートな賞賛に息を呑み、顔を真っ赤に染め上げる。

しかしそれも一瞬、きゅっと唇を結んだかと思えばくるりと身を翻し、そしてそっと片手で髪を横へ除《よ》けた。

「今日、髪型にもこだわってみたんです。普段隠れているうなじとか……どうです？」

「っ⁉」

今度は隼人が顔を真っ赤に染め上げる番だった。

いつもは隠されている、沙紀のほっそりとした首筋が無防備に晒《さら》されている。ごくりと喉を鳴らす。

新雪のように白い柔肌は蠱惑《こわく》的で、踏み荒らして自分のものだとマーキングしたい、だなんていう不埒《ふらち》なことさえ考えてしまう。

「お兄さん、ドキリとしました？」

「っ⁉　あーいや、その……」

「くすっ」

振り返った沙紀は悪戯が成功したとばかりに子供っぽい、しかし妖艶《ようえん》さが滲《にじ》み出《で》た笑みを浮かべていた。余計にドキリと胸が跳ねてしまう。

どうやら沙紀は見た目だけでなく、心もいつもより大胆に変身しているらしい。

隼人は降参とばかりに軽く手を上げた。

「女の子って、色んな顔を持っていてびっくりだ……」

先ほどの春希といい、節操なくドキドキしてしまう自分に呆れつつ悪態を吐く。

「よ、隼人」

「こんにちは、霧島《きりしま》くん」

「伊織、それに伊佐美《いさみ》さんも」

そこへ伊織がひらりと手を上げ、恵麻《えま》と一緒にやってきた。

2人の表情は幾分か硬さがあるものの、手はしっかりと繋《つな》がれている。しかも先日同様、恋人繋ぎだ。必然、2人の距離は近い。

暗い紺地に派手な柄の浴衣姿の伊織と藍色《あいいろ》に控えめな花をあしらった浴衣姿の恵麻は、並ぶととてもお似合いで、どこかヤンチャな弟とそれを窘める姉のような和やかな雰囲気だ。

　隼人の表情も微笑ましいものへと変わる。

　すると沙紀がパァッと瞳を輝かせ、ポンッと両手を合わせた。

「恵麻さん、結局そちらを選んだのですね！」

「うん、まぁね。あっちはその、ちょっと……ね？」

「確かにコスプレみたいな感じでしたもんね。花魁《おいらん》みたいっていうか」

「さすがに外に出るとなると……その、あっちは今度また部屋の中でコッソリ……あ！」

「そっちも買ったんですね！」

「恵麻っ⁉」

「〜〜〜〜っ！」

　思わぬ恵麻の告白にビックリする伊織。

　恵麻が恥ずかしそうに「いーちゃん、あぁいうの好きだし」と呟けば、伊織も顔をさらに真っ赤に染め上げ「ありがと、楽しみにしてる」という言葉を絞り出す。

　見ているだけでも口の中が甘くなりそうな空気が流れだし、目を細め見守る。

　すると伊織はこの空気がたまらないとばかりに口を開いた。

「そういや隼人、他の皆は？　巫女ちゃんだけ？」

「姫子と春希は一緒だけど……」

伊織の質問に言い淀《いよど》む。さて、何と言ったものか。

眉間《みけん》に皺《しわ》を寄せていると、背後から「あ！」という声が聞こえてくる。

振り返れば春希と姫子。

両手にたこ焼き、イカ焼き、焼きそば、から揚げ串《くし》にお好み焼きと、完全にガッツリと食べてやるといった構えだ。

「わ、恵麻さん浴衣綺麗《きれい》ですね！　彼氏さんと並ぶとよくお似合いになってて……ね、はるちゃん？」

「うんうん、アレだけ厳選してたしね」

「あ、ありがとう春希ちゃん、姫子ちゃん。２人もその、良く似合ってるよ」

「そ、そうかな、えへへ」

「あたし、今日の髪型とか気合入れました！」

その場でくるりと回り、浴衣姿をアピールする姫子。

白地に紅と黒のストライプの浴衣、逆毛ポニーにしてアップにした姫子は、あどけなさを残すものの大人びた雰囲気を醸し出している。

姫子も春希や沙紀と同じく、人目を惹《ひ》く美少女っぷりだ。

だけど、どちらも手には大量の屋台の食べ物を抱えており、隼人はその完全に色気より食い気な妹の姿に、痛むこめかみにそっと手を当てた。

そしていつの間にか沙紀も加わり、浴衣談議に花を咲かす女子陣。

それを傍目にして伊織が呟く。

「あとは一輝だけだな……」

「そう、だな……」

互いに一輝のことで交わす声色は硬い。

気に掛かっているのはやはり、先日打ち明けられた秘密《姉》のこと。

あの後、一輝だけ逃げるように先に帰っていった。昨日学校で会った時はあからさまにこちらを避けていた。

色々と気にならないと言えば、嘘になる。

「やぁ、待たせちゃったみたいだね！」

そこへ一輝が少し息を乱しながら駆け寄ってきた。

目を向けるとその背後には、２人組の女性が残念そうな顔をしているのが見える。

一輝の格好はシックで落ち着いた、一見すると地味とも思えそうなものだが、どこか大人びて渋く着こなしており、彼女たちが声を掛けるのも納得のイケメンっぷりだ。

隼人は伊織と顔を見合わせ、苦笑いを零す。

「あぁその、なんだ、今日もか」

「皆を見てあっさり引いてくれるだけ、マシな方だよ」

「そうか」

「うん」

「……」

「……」

そこで会話が終わってしまった。

互いにぎこちない笑みを浮かべる。言葉が出てこない。伊織も困った顔で眉《まゆ》を寄せている。

少しばかり気まずい空気が流れるも、すぐさまそれを「あーっ！」という姫子の声が切り裂いた。

「見てましたよ一輝さん、また逆ナンされてたんですか？　相変わらずモテモテですねーっ！」

「姫子ちゃん？」「姫子」

姫子はまるで先日のことなど何もなかったとばかりに、いつもと変わらない調子で一輝に話しかける。

「ていうか、こないだはお姉さんのことですっごく驚きましたよ！　でもこれだけモテるのも、なんか納得しちゃったり」

「え、あ、うん……？」

そして隼人たちが言いあぐねていた話題に平然と踏み込む。

さすがに皆も、空気が読めないとも言える姫子の様子にハラハラしてしまう。

一輝だって戸惑いを隠せない。

すると姫子は、ふいに優しく微笑んだ。

目を見開いてしまう。

あの日。

月野瀬に帰った日の夜。

隼人に見せた、慈しみに溢《あふ》れ大人びた顔と重なり、息を呑《の》む。

姫子は隼人と同じく瞠目《どうもく》する一輝にくすりと笑い、そして少しばかり揶揄《からか》うような声色で唄《うた》うように言う。

「なにしょぼくれた顔をしてるんですか。それともさっき声を掛けられてた女の子、逃すには惜しいことしたなんて思ってるんですか？」

「い、いやそんなこと……っ」

「あたしね、こないだからさっきまでずっと考えてたんです。でもこうして会って、よくわかったんです。そりゃ、一昨日は驚きましたけどお姉さんはお姉さん、一輝さんは一輝さん。おにぃの友達で、今までと何も変わりはしないって」

そう言って姫子は一瞬だけ、ちらりと春希へと視線を移す。

そして手に持っていた1個だけ食べたから揚げ串を、ぐいっと一輝の口の中へと押し込んだ。

「んぐっ⁉」

「ほらほら、これでも食べていつものように笑って気分上げていきましょ！　せっかくのお祭りですし、ね？」

普段の顔に戻り、にこにこと笑う姫子。

状況に付いていけず、目をぱちくりさせながらから揚げを咀嚼《そしゃく》する一輝。

突然のことで皆が呆気《あっけ》に取られている中、ふいに沙紀が驚きの声を上げた。

「姫ちゃんが自分の食べ物を誰かにあげてる〜〜〜っ⁉」

「っ⁉　ほんとだ……姫子、が……っ⁉」

そんな沙紀の指摘に、隼人も思わず驚愕《きょうがく》の声を上げてしまう。

騒然とする隼人と沙紀。春希もビックリして目をぱちくりさせる。

するとから揚げと共に色んなものを呑み込んだ一輝が、たまらないとばかりに笑い声を上げた。

「……ぷっ。あはははははははっ！」

「か、一輝さん!? も、もぅおにぃに沙紀ちゃん、今のどういう意味!?」

「ど、どうって……あの姫子が、なぁ？」

「うん、姫ちゃんが自分の分の食べ物をって……」

「むぅ〜〜〜〜っ」

不貞腐れ唇を尖《とが》らせる姫子。

そこへ隼人と沙紀が追い打ちをかけるかのようにツッコミを入れれば、皆にも笑いが広がっていく。空気が今までのものへと戻っていく。

しかし1人だけご機嫌斜めの姫子に、いつもの笑みを取り戻した一輝が声を掛ける。

「ありがとう、姫子ちゃん。から揚げすごく美味《おい》しかったし元気がでたよ。お礼に何でも好きなものをご馳走《ちそう》するからさ」

「っ！　奢《おご》ってくれるんですか!?」

「お手柔らかにね？」

その言葉にころりと機嫌をよくした姫子は、一転して早く行こうと捲《まく》し立《た》てつつ一輝の腕を引く。

面食らった一輝は、されるがままに連れ去られていく。先ほどの春希のように。

「……ボクたちも行こっか」

「そうだな」

「はいっ！」

そして隼人たちも後を追う。

月野瀬とは違う、都会の祭りが始まった。

まずはお腹を満たす流れになった。

それぞれが食べたいものを物色しながら祭りの喧騒《けんそう》を歩く。

街の至る所に設置されているスピーカーから聞こえる祭囃子《まつりばやし》。

大通りの両脇に所せましと並んでいる屋台から漂う食欲を誘う香り。

そこかしこから上がる、人々の楽しそうな笑い声。

この日にだけ見せる特別な街の顔。

行き交う人たちは皆浴衣《ゆかた》に身を包んでおり、まるでこの異世界へのパスポートのようだなと思いながら、目の前で騒ぐ2人を見る。

「わ、ベビーカステラも美味しい！　一輝さん、本当に一口もいらないんですか？」

「あ、あはは。さっき僕もたい焼きにクレープ、じゃがバターも食べたから……っていうか姫子ちゃん、まだ入るんだ……」

「まだまだ全然いけますよー。あ、オムそばだ！　焼きもろこしもある！」

「姫子ちゃんっ⁉」

遠慮というリミッターを外した姫子の食欲に振り回され、戦慄《せんりつ》する一輝。

隼人はたこ焼きを頬張りながら、さすがに傍若無人っぷりを発揮する妹に何か言った方がいいかなと眉を寄せる。

すると沙紀が声を掛けてきた。

「お兄さん、どうしたんですか？」

「いや、さすがに一輝に何かフォロー入れた方がいい気がしてきてさ」

「あはは、姫ちゃん随分はしゃいじゃってますもんね」

「まぁ姫子の気持ちもわからないわけじゃないけど。このたこ焼きだって、どこかチープな味なのにやけに美味しく感じるし」

「あ、私もわかります！　きっとこういう場所だからなんでしょうね。あと普段食べたことのないものとかあると、つい手が伸びちゃったりも」

「そういや沙紀さんが食べてるのって、ドネルケバブってやつだっけ？　トルコ料理の」

「はい！　店先でお肉の塊がぐるぐるしてるのがすごくインパクトがあって、気付けば買っちゃってました！」

「そういや俺も食べたことないなぁ」

「なら一口食べます？　最近できた有名なお店出してるらしくって、祭りどうこう抜きにしても美味しいですよ」

「お、じゃあ遠慮なく」

「……ぁ」

差し出されたケバブにがぶりと一口。

するとどっしりとした甘辛いタレが絡んだ牛肉をキャベツとスライスオニオンが受け止め、薄焼きパンと共に口の中に混然一体となっていく。

なるほど、ハンバーガーとは違った美味しさがあった。白米とも合うかもしれない。

「……ん、確かにこれはうまいな。俺も次これを買おうかな……って、沙紀さん？」

ケバブに舌鼓を打っていると、どうしたわけか頬を染め、目を泳がせている沙紀。

隼人が不思議に思っていると沙紀はそっと目を逸らし、言い辛そうに理由を告げる。

「その、間接キスになっちゃうなぁって……」

「っ⁉」

今まさにそのことに気付いた隼人は、ドキリと胸を跳ねさせる。

あまりに自然な流れで差し出されたから、そんなこと意識すらしていなかった。

「その、アレだ！　おかずの交換とかジュースの回し飲みとか、仲が良かったらフツーにすることだし、その、これはフツーなことだ！」

「あ、はい！　わ、私とお兄さんは仲良しですもんね、これくらいフツーですよね！」

「うんうん、フツーフツー！」

「ふふっ、えへへ」

沙紀が照れ隠しにふにゃりと笑う。

同じようなノリで接する――沙紀が望んだこともあり、最近急速に彼女との距離が縮まっている。

とはいうもののこういう時の対応は、異性との距離の摑《つか》み方は、中々に難しい。

年上だから、妹の親友に頼れる兄貴分なところも見せたいという、ちょっとした見栄もあるから、よけいに。

そんな風に隼人が内心ちょっと困っていると、トントンと肩を叩《たた》かれた。

「うん？　春希？」

振り返るとそこにはチョコバナナを片手に持った春希。

口をωの形にしながら、如何《いか》にも悪戯《いたずら》を思い付いたという顔をしている。嫌な予感がする。

「はい、これはチョコバナナです」

「……チョコバナナだな」

「なんだか黒光りしていて、反りあがってるように見えるね」

「……チョコバナナだからな」

「やはり、お約束って大事だと思うんだよね」

「あ、おいっ！」

そう言って春希がチロリと舌先で唇を艶《なま》めかしく舐《な》め上げた瞬間、纏《まと》う空気が変わる。

蠱惑《こわく》的な眼差しで、どこか隙があって誘うかのようにシナを作り、くすりと妖《あやし》し気に微笑む。

沙紀が息を呑む。隼人はジト目になっていく。

「ふぅ～……れろ……んっ」

淫蕩《いんとう》に塗れた表情で熱い吐息をチョコバナナに吹きかけたかと思うと、反りかえった部分をぺろりと舐めあげれば、てらてらと唾液《だえき》が光る。そこへチュッとキスを落とす。

周囲を歩く人たちも、そんな春希に釘付《くぎづ》けだった。だらしない顔で注目を集める。隼人の表情が険しいものになっていく。

「あむ……んぐ、んっ……ちゅるっ」

春希はそんなこと知ったことかとノリノリでチョコバナナを一気にぱくりと喉奥《のど》にまで銜《くわ》え、「んっ」と一瞬眉《まゆ》を顰《ひそ》めてえずき、吸う。

沙紀は「あわわ」と頭から湯気が出そうなほど赤面し、周囲の紳士たちが前かがみになり、隼人はぶすりと眉間《みけん》に皺《しわ》を寄せ――ていっと春希の脳天に勢いよく手刀を振り下ろした。

「こらっ、食べ物で遊ぶなっ！」

「んぐ～っ⁉　んっ、けほ、けほっ！」

頭に受けた衝撃の勢いでチョコバナナを噛《か》み切《き》り、呑《の》み込み咽《む》せる春希。キュッと縮こまり、痛々しそうに顔を顰《しか》める紳士諸君。

「……ったく」

隼人は呆《あき》れたため息を零すも、春希はにししと笑うのみ。

そして我に返った沙紀が、ぐぐっと春希に詰め寄る。

「は、は、は、春希さん！　まだ明るいし、お外だし、そういうえっちなのはいけないと思います！」

「みゃっ⁉　沙紀ちゃん意味わかるの……ってそういやボクが色々そういうゲーム布教してるもんね⁉」

「〜〜〜っ！　春希さ〜んっ！」

沙紀に説教される春希。

やれやれと肩をすくめ、ため息を漏らす隼人。

ここ最近の、いつもの空気に戻る。

だが、先ほどの春希に少しばかりドキリとしてしまったのも事実だった。

そして、そんな春希がイヤらしい目で周囲に見られるのも、やけに気に入らなかった。

胸の中で渦巻くもやもやしたものを誤魔化すために、ガリガリと頭を掻《か》き、視線を逸らす。

するとその先で、伊織と恵麻が手を繋《つな》ぎながら互いに無言で水風船をぱしゃぱしゃと弄《もてあそ》んでおり、しばし見つめて笑みを零す。そんな隼人に気付いた伊織が、ほっとけよとばかりに頬を染め、そっぽ向くのだった。

そしてふと、春希が気になることを言っていたことに気付く。

「そういうゲームを布教……？」

ひとしきり屋台の味を楽しみ、皆のお腹も落ち着き始めた頃。

隼人はかき氷を掻き込み、頭をキーンとさせている姫子を横目に、やけに神妙な顔をしている一輝に話しかけた。

「その、妹が迷惑をかけたな」

「隼人くん、別にそれは全然。僕も楽しかった、でもその、えぇっと……」

「……一輝？」

口籠《くちご》もる一輝に、首を捻《ひね》る隼人。

てっきり空気を読まず無遠慮に食べまくった妹に振り回され迷惑していたのかと思いきや、そうではないらしい。

どこかきまりの悪い空気が流れることしばし。

やがて一輝が少しばかり申し訳なさそうな顔で口を開く。

「その、僕の住んでいるところに、皆に可愛がられている地域猫がいるんだけど……」

「さくら猫、とかいうやつ？」

「うん、そう。といってもやはり野良《のら》だから警戒心が強くてね、人間を見るとすぐ逃げる子たちが多いんだけど……」

「へぇ、それで？」

「それでもご飯には反応するからせっせと餌付けしている人がいるんだけど、その気持ちがちょっとわかっちゃった……」

「………ぷっ！　あはははははははは！」

「ひ、姫子ちゃんには内緒だよ⁉」

「わかってるって！」

急に笑い出した兄に何事かと視線を向けてくる妹《姫子》。

その姫子は、メロン味のかき氷で舌が緑色になったのを春希と沙紀に見せていた。

そんな姫子の様子に、隼人と一輝は顔を見合わせ再び肩を揺らす。

するとその時、くいっと袖《そで》を引かれた。

視線をそちらに向ければ、そわそわした様子の春希。

瞳《ひとみ》には好奇心と、どこか挑発的な火を宿している。

「隼人、ほら見てアレ」

「スーパーボールすくい……あぁスーパーボール、懐かしいな」

「だよね！」

「すーぱーぼーる……ってなんですか？」

昔よく遊んだ玩具《おもちゃ》道具に懐かしそうに目を細める隼人。

そこへ沙紀が今一つピンとこない顔で会話に入ってくる。それに、ん〜と顎《あご》に手を当て考え言葉を紡ぐ。

「簡単に言えば、メチャクチャよく跳ねるゴムボールかな？」

「そうそう！　よく地面に叩きつけて、どっちが高く跳ねさせるか競ったよね！」

「あはは、よく屋根とかに載せちゃったりとかしたな。けどこっちだと人が多いし、どこへ飛んでいくかだし、遊び辛そうだけど」

「でも、どっちが多く取れるかの勝負はできるよね？」

「お、やるか？」

「ふふっ、ボクのポイ捌《さば》きを見せてあげよう。まぁ、やったことないけど！」

「やったことないのかよ！　ってまぁ俺もないけど」

「これは面白い勝負になりそうな予感。あ、沙紀ちゃんも行こ？」

「わ、私も!?」

早速とばかりに沙紀の手を掴み、駆け出す春希。

それを見た姫子が、置いていかないでとばかりに残りのかき氷を掻き込み、またも頭をキーンとさせる。

妹のそんな姿にやれやれとばかりに肩をすくめれば、伊織が話しかけてきた。

「んじゃ、隼人たちがそっちに行ってる間、オレたちは隣の型抜き行ってくるわ」

「ふふっ、私もこればかりはいーちゃんに負けられないから！　去年までの雪辱を果たすよ！」

「お、そうか。わかった」

伊織と恵麻はメラメラと闘志を燃やす。

型抜きには幼馴染《おさななじみ》である2人にしかわからない、譲れない何かがあるのだろう。

「姫子ちゃん、僕たちも型抜きの方へ行こうか。あれ、結構色んな味があるみたいなんだよね」

「っ⁉　型抜きのあれって、食べられるんですか⁉」

型抜きの食の部分に反応する姫子。

くつくつと愉快気に肩を揺らす一輝。

隼人は何とも言えない表情になって、春希と沙紀の後を追った。

そよそよとかすかな流れのある小さなプールの中を、スーパーボールが所狭しと泳いでいる。

そこで隼人と春希はポイを片手に、激闘を繰り広げていた。

「っしゃあ、取った、取ったぞーっ！　俺の勝ちだーっ！」

「ぐぎぎぎぎぎぎぎ……っ」

ポイを持った拳《こぶし》を天に突き上げ勝鬨《かちどき》を上げる隼人。

歯軋《はぎし》りして悔しがる春希。

それぞれ空だったお椀《わん》に、初めてのスーパーボールが入れられる。傍らには既にダメになったポイがそれぞれ5つずつ。

2人の戦いは、非常にレベルが低かった。

なんなら隣で遊ぶ小学生らしき子供たちも、お椀に数個のスーパーボールを入れている。

「おっちゃん、もう1本っ！」

「おいおい春希、もう勝負ついてるだろ」

「……お嬢ちゃん、まだやるのかい？」

あまりの取れなさ具合に同情的な眼差しを向ける屋台の店主。

ムキになって取れるまで粘ってしまった隼人でさえ制止する。

すると春希は少しばかり拗《す》ねたように唇を尖《とが》らせ、ちらりとある方へと視線を投げる。

「だってアレ、ほら……」

「あれは……うん……」

「わ、わ、また取れました！　これも取れそう……えいっ！　取れた！」

そこにはお椀に溢《あふ》れそうなほどスーパーボールを盛っている沙紀の姿。今も夢中になって掬《すく》っている。

スーパーボールはまるで沙紀のポイへ吸い寄せられるかのように動き、お椀へと飛び込む。まさに神業だった。

周囲にいる小学生たちからも、「おねーちゃんすげーっ」とキラキラした尊敬の瞳を向けられている。屋台の店主は半ば涙目だ。

「……ボクだけ何も釣れないのって、なんか悔しいじゃん」

「気持ちはわかる。ていうか、沙紀さんのあれほんとすごいよな」

「やっぱ神社だからかな？　沙紀ちゃん巫女《みこ》だから、フィールドバフ的な何か掛かってとか」

「んなアホな」

「うぐぐ、ボクだってアレくらい取って、隼人を『ざぁこ♡、ざぁこ♡』って煽《あお》りたかったのに」

「あっはっは、残念だったな！」

隼人が揶揄《からか》うように笑えば、春希はぷくりとほっぺを膨らませる。

そんな幼い頃から繰り返したよくある光景。

だけどふいに春希は妙な声色で胸の内を零す。

「……沙紀ちゃんに負けたくないな」

「いや、今から逆転は――」

春希自身もびっくりした顔になっていた。

そのあまりに意外な表情に、隼人も『無理だろ』という続く言葉を呑み込んでしまう。

すると妙になりかけた空気を吹き飛ばすかのように、春希は「よし、おっちゃんやっぱもう1本ちょうだい！」と叫ぶ。

それを見た隼人もガリガリと頭を掻きながら「じゃあ俺も」と言い、驚き目をぱちくりさせる春希に笑いかける。

「隼人……？」

「2回戦と行こうぜ！」

「――っ、うんっ！」

そして隼人と春希はポイを片手に、再びスーパーボールが泳ぐプールを睨《にら》みつける。

ふと、いつもの空気に戻っていることに気付く。

だから隼人は先ほど言いそびれたことを、今ならばと口にした。

「そういや、今日の春希さ」

「うん？」

「なんだか昔のはるきみたいだな、って思った」

「っ！」

春希は一瞬びくりと肩を震わせる。

そして隼人の方を向き、悪戯《いたずら》が成功したような笑みを見せた。

「そっか」

◇◇◇

型抜きの屋台、その隣に設置されているテーブルで、姫子は針を片手に真剣な面持ちで型抜きと向き合っていた。

「む、むむむ……っ」

躍動感のある馬の絵が描かれた線を、削るようにして何度も手を動かしていく。

溝は既にかなり深くなってきている。もう少しでくり抜けそうだ。

ここから一気に勢いを弾ませたいところだが、より一層気を引き締める。先ほどはここで失敗したのだ。

慎重に、慎重に。

石橋を叩《たた》いて渡り、羹《あつもの》に懲りて膾《なます》を吹くがごとく。

やがて無事削り終え、「ふぅ」と安堵《あんど》のため息を吐くのと、「あっ！」という声が隣から聞こえてくるのは同時だった。

隣に目をやれば、バツの悪い顔を作る一輝と目が合う。

「型抜きって結構難しいね、また失敗しちゃったよ」

そう言って一輝は割れてしまったデフォルメされたキノコの型抜きを見せる。

一輝は先ほどから簡単なものばかりに挑戦しているものの、悉《ことごと》く失敗していた。さすがに何度も連続して仕損じているのが恥ずかしいのか、眉《まゆ》を寄せて人差し指でポリポリと頰を掻《か》く。

それを見た姫子は、少し揶揄いの色を含んだ笑みを浮かべた。

「一輝さん、意外と手先ぶきっちょなんですねー」

「そうみたい、自分でもびっくりだよ。足捌きなら少々自信があるんだけどね」

「あはは、確かサッカー部でしたっけ。意外といえば恵麻さんたち……」

「あぁ……」

姫子と一輝は、隣のテーブルにできている人だかりへ目を向ける。その中心にいるのは恵麻と伊織。

２人の手元にあるのは、ノートほどの大きさの特注サイズの型抜き。

恵麻はエッフェル塔。

伊織は白鷺《しらさぎ》城。

どちらも見るからに超高難易度だ。

それを周囲のギャラリーが見守る中、まるで動画を早回しで見ているかのような速度で競うように手を動かし、あっという間にくり抜いていく。周囲から言葉を奪い圧倒するのに十分なパフォーマンスだ。

「ほんと、すごいですよね……」

「うん、本当にすごい」

そして一輝はそこで言葉を区切り、そういえばと姫子に向き直る。

「姫子ちゃんは伊織くんと伊佐美さんのアレ、見なくていいのかい？」

「うーん、確かに心惹《こころひ》かれるんですけど、どうせなら見るより自分でやって楽しみたいなって」

「なるほどね。僕もサッカーは見るより自分でする方が好きだし、なんかわかるかも」

同意を示す一輝に姫子が、ですよねーと笑う。

「それにしても、意外といえば一輝さんもですね。なんでもさらりと器用にこなす人だから、型抜きもって思ってましたよー」

「そんなことないよ。全然ない。特に対人関係とか失敗ばかりだしね」

「そうなんですか？」

今まで兄と一緒に遊んでもらった時や、バイトで黄色い声を上げさせているところを思い返せば、にわかに信じられず怪訝《けげん》な顔で目を瞬かせる。

そんな姫子に一輝は自嘲《じちょう》めいた薄笑いを浮かべた。

「今回のことだって、姉さんのことを黙っていたから……それだけじゃなく、中学の時にも大きな失敗をしててね。ほら、覚えてる？　映画に行った時とかさ」

「あー……」

一輝に言われ、思い返す。

あの時彼らは裏切者と誹り、一輝は何も言い返さずただ耐えているだけだった。

一輝に何があったかわからない。

ただ姫子の目から見てこの兄の友人に対し、1つ確かなことが言えた。

「ん～、でも一輝さんはあたしやおにぃを裏切ったりなんかしませんよね？」

「当たり前だよ！」

「ですよね。むしろ逆に信じてくれているからこそ、今日秋祭りに来てくれた」

「そ、それは……っ！　そう、かも、だけど……っ！」

一輝の顔には動揺、葛藤《かっとう》、納得、驚き、色んな感情が見て取れた。それは今日ここに来るまで、どれほどの苦悩があったのかを雄弁に物語っている。

ＭＯＭＯの弟だと告白してさほど時を置かずしての秋祭り、顔を出せば不穏な空気になるのは容易に予想がつく。恐れないはずがなかっただろう。だけどそれでも一輝は兄や友人たちを信じて、逃げることもできたのに、来てくれた。

翻って自分はどうなのだろうか？

「一輝さんは強いですね」

「……え？」

「あたしは弱いから……怖くておにぃや沙紀ちゃん、はるちゃんにも言えないことがあるんです。ただそれも何となく察してもらってるって感じで、ほんと甘えるというか依存しているというか……あーあ、ほんとあたしって子供だなぁ」

「姫子、ちゃん……」

今度は姫子が自嘲の表情を顔に張り付ける。

するとみるみる一輝が狼狽《うろた》え、「えっと」「その」ともどかしそうに言葉を転がす。ふと、どうしてかそれに何か既視感を覚えた。

（あ、はるちゃん……）

かつて幼い頃姫子が転んで泣いたりした時のはるきも、こんな感じだった。

それに一輝は有名人を家族に持つ１つ年上の兄の友達。境遇だってよく似ている。

――と、何を考えているのだか。

姫子は呆《あき》れたため息を吐き、よしっと気合を入れて立ち上がる。

「っと、お祭りなのに湿っぽい空気になっちゃいましたね。んー、あたし型抜きもう1ランク上のやつに挑戦しようと思うんですけど、一輝さんはどうします？」

「っ、そうだね……僕も、もっかいやろうかな。さすがに1つも成功してないのはちょっと、ね」

「あははっ、じゃあ買いに行きましょっ」

「っ⁉」

そして姫子はかつてのはるきがしたのと同じように、手を伸ばしにこりと微笑む。

「一輝さん、せっかくなので全力でお祭り楽しみましょう！」

「っ！　ああっ！」

◇◇◇

いつの間にか陽は随分と傾いていた。

あちらこちらで煌々《こうこう》と灯るたくさんの提灯が、参道をまるで昼間のように明るく照らしている。そこかしこには祭りに興じる人々の笑い声。

そんな中、スーパーボール掬《すく》いの激闘を終えた隼人たちは、色々と他を見て回っていた。

初めての縁日は見るもの全てが目新しく、そのどれもが興味を惹《ひ》く。色々目に映るものを眺めているだけでも楽しい。

それは春希も沙紀も同じなのか、しきりにきょろきょろと辺りを窺《うかが》っている。

「っと！」

「ごめんよ！」

「いえ、俺も不注意で」

その時、通行人とぶつかった。隼人はやってしまったと頭を掻く。

周囲を見渡す。心なしか訪れた時と比べて、人が多いように思える。

するとその時、境内の入り口の方から「きゃーっ！」という黄色い声が上がった。

一体どういうことかと思って、春希と沙紀と顔を見合わせる。

「うん？　一体なんだろ……春希、知ってるか？」

「さぁ？　事前に調べた限り、入り口でそれっぽいイベントはなかったと思うけど」

「見に行ってみます？」

「そうだね、沙紀ちゃん。行こ、隼人！」

「はい」「あぁ」

連れ立って騒ぎの中心を目指す。

近付くにつれ、パシャパシャとスマホで写真を撮ったり動画を撮ったりする人が目につく。さらに騒ぎの中心から聞こえてくる声に、隼人はどんどん口元を引き攣らせていく。

「うそ、あれマジでＭＯＭＯと愛梨《あいり》!?」

「撮影オッケーって、マ!?」

「すみません、握手とかいいですか!?」

彼女たちが声を掛ける先に、２人の華やかな少女が見える。

「ほらあいりん、もっとにこやかに手を振って。ふぁんさーびす」

「たしかに！　堂々とすれば良いとは言いましたけど、もぉ〜っ！」

「うーん、どうしよあいりん、もしかして結構な騒ぎになってね？」

「なってます！　ていうか、私たち結構な祭りの邪魔になってません⁉」

「おぉ！」

「おぉ、でなく！　とりあえず隅っこに行きますよ、ほら！」

「はーい」

「「………」」

愛梨と百花《ももか》だった。

まるでＣＭから飛び出してきたみたいに派手な浴衣《ゆかた》を、しかし見事に着こなしている。

なるほど、これでは目立つなという方が難しい。

きゃあきゃあと喜色を浮かべ盛り上がる周囲とは裏腹に、隼人たちの表情は強張っていく。愛梨と百花がどういうつもりかはわからないが、この騒ぎには近付かない方がいいだろう。

誰からともなく有名人２人を一目見ようとする流れに逆らい、この場を離れる。

「あっ！」

「っと！」

その時、沙紀が足をもつれさせた。

春希が咄嗟《とっさ》に腕を摑《つか》んで事なきを得るが、どうにもふらふらしているように見える。呼吸も少し荒く、顔色も優れない。

「沙紀ちゃん大丈夫……じゃ、ないよね」

「顔色が悪そうだな……人混みに酔っちゃったか？」

「え、あ……」

春希と隼人の言葉に少し戸惑いを見せたものの、それが如実に今の沙紀の状態を物語っていた。

隼人と頷《うなず》き合った春希は沙紀の手を引き、人気のない手水舎《ちょうず》の方へと移動する。

そして手水舎の隣にある、普段は手荷物置き場にでも使われていそうな平たい石の台へ腰かけさせた。

「沙紀ちゃん、ここで休んでて。隼人、沙紀ちゃんをお願い。ボク、何か冷たい飲み物買ってくるよ」

「わかった」

そう言って春希はすぐさま人混みの中へと消えていく。

隼人は沙紀の隣に立ち、一緒に少し離れた喧騒《けんそう》を眺める。

ひしめき合う露店に、浴衣姿の男女に親子連れが、途切れることなく流れていく。

隣からは手水のちょろちょろと流れる水の音。

参道から外れているのか、提灯の明かりはここまで届かず薄暗い。

目の前の祭りの様子がどこか遠くのことのように感じる。まるでこの場所だけ、世界から切り離されているかのようだった。

静かな時間がゆっくりと流れていく。

やがて沙紀も調子を取り戻してきたようだった。

隼人はそれを確認してから、少し硬い声色で訊《たず》ねる。

「いつからだ？」

「……え？」

「人酔い、いつからしてたんだ？」

「えっと、そのぅ……」

しかし沙紀は目を泳がせ口籠《くちご》もる。どうやら結構前からのようだった。

そのことに気付けなかった自分を情けなく思うと共に、何とも気難しい顔になってしまう。言葉が荒くなるのを自覚する。

「辛いなら、我慢するな」

「そんなの……そんなの我慢しちゃいますよ。だってお祭り、皆楽しそうにしていますし」

「バカ、それで沙紀さんが調子崩しちゃったら後で俺が、きっと皆も気にかけてしまうってーの。だから、ちゃんと言ってくれないと……伊織と伊佐美さんも、それで揉《も》めてただろ？」

「えへへ、そうでしたね。でも——」

そこで沙紀ははにかみつつ、言葉を区切る。

「でも、やっぱりなかなか言い出しにくいことってあるんですよ。だってお兄さんとも春希さんとも、話すようになったばかりですから……」

「……ぁ」

ガツンと頭を殴られたような衝撃が走る。

昔から妹のすぐ隣にいてその姿をずっと見てきて、よく知っている気になっていた。

だけど頻繁に話すようになったのは、ほんの最近だ。話すようになって、彼女の色んな側面を知って驚くことも多いではないか。何でも気軽に話そうにも、まだまだ遠慮が生まれてしまうことだろう。まったくもってそこまで考えが至らず、恥ずかしくなる。

だけど沙紀はふわりと笑い、えいっとばかりに胸の前で握りこぶしを作り、隼人へと向き直る。

「だから私、これからお兄さんに何でも話せるよう、頑張っていきますね」

「っ！」

それは隼人への宣戦布告めいていた。

息を呑《の》み、彼女を見つめる。

心の中の領域にまた一歩、沙紀という少女が入り込んでくる感覚。

意志の強さを感じさせる瞳《ひとみ》が、とても綺麗《きれい》だと思ってしまった。

ズキリと胸が軋《きし》みを上げ、全身に甘い毒と共に痺《しび》れが広がっていく。

だというのに悪くないと思ってしまうのは、既に重症なのだろうか？

隼人はかろうじて「おぅ」という言葉を頷きと共に返す。

「沙紀ちゃん、お待たせ！」

「あ、春希さん。ありがとうございます」

そこへ春希がペットボトルのお茶と共に戻ってきた。

春希は顔色の良くなった沙紀にホッと安堵《あんど》の息を吐く。そして隼人の顔をまじまじと見つめたかと思うと、どんどんジト目になっていく。

「……隼人、沙紀ちゃんに何かした？」

「別に、なにも」

「へぇ……？　ふぅん……？」

そう応えるものの、春希はまるで信じられないとばかりに怪訝《けげん》な表情でじろりとねめつける。

隼人自身、何とも言えない表情になっている自覚があった。そしてどうしてか、まともに春希を見られず、ぷいっと顔を逸らす。春希はますます目を細める。

するとが紗紀はクスリと笑う。

「お説教されてたんですよ、お説教。具合悪いんだったら、ちゃんと言えって。ね？」

「そうなんだ？」

「……そうだよ。って、そろそろ向こうと連絡とって、合流しようぜ」

これ以上は言いようがないと、強引に話題を変える。

すると春希はふぅ、と呆《あき》れを含んだため息を吐いた。

「あ、逃げた」

「うっせ」

「くすくす」

合流すると、姫子がうぐぐと難しい顔で唸《うな》っていた。

隼人たちは顔を見合わせ、そして沙紀が気遣わし気に話しかける。

「どうしたの、姫ちゃん？」

「沙紀ちゃん、これなんだけど……」

「型抜き？　馬、秋桜、スカイツリー……わぁ、すごく良くできてるね！」

「うん、だから食べるのもったいなくて……」

「あ、あはは……姫ちゃん……」

「恵麻さんたちなんて、もっとすごいよ？」

「「っ⁉」」

そう言って姫子が伊織と恵麻の方へと視線を促せば、思わず目を見開いて息を呑む。

伊織が手にするのは白鷺城《しらさぎ》。

恵麻が手にするのはエッフェル塔。

ノートほどある特注サイズのそれらはどちらも精巧緻密《ちみつ》、職人のこだわりが感じられ、芸術品のような出来栄えだった。なるほど、あれは姫子でなくとも食べるのが躊躇《ためら》われる。

そして伊織も恵麻も互いの作品の健闘をたたえ合うかのように、頰を赤らめつつも握りこぶしを突き合わせていた。

「実際、伊織くんと伊佐美さんがやってると、他の人も手を止めて見入っちゃってね。アレは見ものだったよ」

「俺もあれは、どうやってやってるのか見たくなるな。そういや一輝は型抜きしなかったのか？」

「あはは、したけど僕には型抜きの才能はなかったみたい。全滅しちゃったよ」

「あぁ……」

そう言って一輝は参りましたとばかり軽く両手を上げる。

スーパーボールで散々だった隼人も、苦笑を零す。

そうこうしているうちに、西の空がすっかり茜色《あかねいろ》に染め上げられていた。ほどなくして太陽は夜へと呑み込まれていくことだろう。

花火までの時間もあと少し。

やがてにぎやかな屋台の数も減り、拝殿が見えてきた。

社務所には多くの人が集まっており、複数の巫女《みこ》さんが参拝客を捌《さば》いている。

それを見た恵麻がポツリと、少しばかり羨望《せんぼう》の混じった声色で呟《つぶや》く。

「こういう祭りの日だけ臨時で巫女さんのバイト募集しててさ、あれ人気でかなり倍率高いんだよねー」

「あぁ、僕のクラスでもコスプレじゃない巫女服着られるって、女子が騒いでたね」

「女子だけじゃなく、巫女さん嫌いな男とかいないだろ。な、隼人？」

「……俺に振るなよ」

伊織に話の水を向けられた隼人は、困った顔で沙紀へと視線を移す。

皆の注目を集めた沙紀は、何とも言えない曖昧《あいまい》な笑みを浮かべる。

「そうだった、隼人は本物の巫女ちゃんを見慣れてるんだっけ」

「沙紀さん巫女姿で村中歩いてたから、トレードマークみたいなものでなぁ」

「あ、あはは……その、着替えるのとか億劫《おっくう》でして」

「ぐぬぬ、恵まれてるやつめ！」

妙に悔しがる伊織。皆にもあははと笑いが起こる。

そんな中、姫子が眉《まゆ》を寄せながらしみじみと言う。

「でも沙紀ちゃん以外の人が巫女服着てるのって、何か変な感じ」

「あぁ、確かに」

「こちらはバイト雇わないといけないくらい盛況のようですから……あれくらいうちも儲《もう》かっていたら、修繕費も……雨漏り……」

「さ、沙紀ちゃん⁉　おーい、沙紀ちゃんってばーっ！」

ふいに顎《あご》に手を当て、ブツブツと考え込む沙紀。珍しくツッコミを入れる姫子。

その様子を見てくすりと笑いを零していた春希は、ふとあることに気付く。

社務所での用事を済ませた人々は、拝殿にお参りするのではなく、皆一様に同じ場所に向かっていた。

「うん？　アレは……」

「絵馬だな。にしても盛況だな」

「確か姫ちゃんが勧めてたね……けどそれにしてもすごい数……」

どういうことだろうと首を捻《ひね》っていると、そこへ一輝がにこりと伊織と恵麻の方を見ながら口を挟む。

「特に縁結びに効果的だって有名だよ。同じ思いを重ねて、ってね」

「えんむす……？」「っ⁉」「縁結び⁉」

一輝の言葉に春希だけでなく、姫子と沙紀も反応する。どこか緊迫した空気が流れる。

そしてそれを肯定するかのように伊織と恵麻が頬を赤らめ恥ずかしそうに顔を背ければ、姫子が「きゃーっ！」と黄色い声を上げ、沙紀に「う、馬に蹴《け》られちゃうよ！」と窘められる。

「縁結び！　なんか憧《あこが》れちゃうなぁ……そういや何であの絵馬、兎なんだろ？　沙紀ちゃんわかる？」

「ふぇ⁉　えぇっと、なんだろ……」

「兎は確か、子だくさんだから子孫繁栄とか、跳ねるから飛躍とか、だったかな。んー、ここの神社の祭神は素戔嗚尊《すさのおのみこと》に奥さんの櫛名田比売《くしなだひめ》とその両親と子供の大己貴命《おおなむちのみこと》、家族で祀《まつ》られてるからかな？」

「へぇ、はるちゃん詳しいね」

「春希さんすごい……」

姫子や沙紀に珍しく感心される春希。その後「ゲームや漫画で嵌《は》まって神話とか調べまくったから！」と残念な理由を話し、乾いた笑いを誘う。

「あーその、てわけで、絵馬奉納しに行こうぜ」

「それって、あたしたちも書いても良いんですか？」

伊織がそう促せば、姫子が眉を寄せて尋ねる。

すると一輝が補足するかのように口を挟む。

「別にカップルじゃないとダメな理由はないよ。ほら、あそこの女の子のグループとか良縁がありますようにって感じでしょ？　別に縁結びじゃなくても、好きな願い事を書けばいいんじゃないかな？」

「あ、なるほど。そういや一輝さんも、以前そういうことは当分いいやって言ってましたもんね！」

「うん、そうそう」

一輝が肯定するかのように肩をすくめれば空気も緩む。

そして周りの流れに乗る形で、社務所で絵馬を買い、各々絵馬を片手に備え付けのペンを取る。

「………」

隼人の持つペンがやけに重い。

絵馬について考えてみる。

縁結びが有名だと聞きそのことに思い巡らしていたが、今一つ自分が誰かと付き合っているという姿が想像できず、ピンとこない。

身近なところで声を交わす異性と言えば春希と沙紀、それにみなも。あと姫子。

絵馬を片手に眉間《みけん》に皺《しわ》が寄り、頭《かぶり》を振る。

すると視界の端に親子連れが目に入り、思わず「ぁ」と声が漏れた。

願い事。

神様に頼みたいこと。

隼人の心の奥底に、今一番沈み込みながらも引っかかっていること。

（……やっぱこれだよな）

何か問題を先延ばしにしているかのような気がしないでもない。

しかしやはり、望みといえばこれしかなかった。

『母さんが無事退院しますように』

絵馬に願いを込め、結びつける。

「よし、と……うん？」

「っ！」

奉納し終えて振り返ると、いつの間にかすぐ傍に姫子が居た。

どこか曇らせた表情で絵馬を胸に抱え、先ほどまで縁結びだとはしゃいでいた姿からはかけ離れている。

「姫子？」

「おにぃ……」

そっと隼人の袖《そで》を掴《つか》み不安に瞳《ひとみ》を揺らして見上げてくる姿は、どうしてかつて母が倒れた時のひめこと重なった。

きっと、絵馬にいざ願い事を、自分の中にある神様にどうにかして欲しいと思うことを書くとなった時、やはり隼人《兄》同様に母のことを考えてしまったのだろう。

だから隼人は安心しろとばかりに笑みを浮かべ、がしがしと妹の髪を掻《か》き混ぜる。

「ちょっ、おにぃ！　急に何すんの！」

「なぁ、この絵馬って同じ想いを重ねるとよりご利益があるんだろ？　だから姫子、その願いは絶対叶《かな》うさ、な？」

「………………ぁ」

——同じことを願ってるから。

ニコリと笑みを浮かべ、先ほど奉納した絵馬へと視線を投げる。

するとそんな隼人の気持ちが伝わったのか、姫子の強張っていた表情も緩む。

「もぅおにぃ、髪がぐしゃぐしゃになっちゃう」

「はいはい」

姫子は唇を尖《とが》らせつつもその声色は少し甘えた色をしており、隼人に頭をされるがまま委ねるのだった。

◇◇◇

春希はペンを片手に固まっていた。

他の皆は絵馬を書き終え、残るは自分1人。

縁結び、と聞いてもよくわからなかった。

ジッと絵馬を見つめ、自分の心に問いかける。

願うこと。

神様に聞いて欲しいこと。

――い。

どれだけ祈っても、どんなに願っても、はるきのたった1つのささやかでありふれた望みは叶わなかった。

そんなもの、とうの昔に擦り切れなくなってしまっている。

今更、希望なんて抱《いだ》けやしない。

だから何を書いていいかわからない。

空っぽなのだ。

だからこそ、周囲に合わせる計算《演技》ばかり上手くなっていった。

ふと、沙紀の顔が脳裏を過る。

幼い頃からの想いと共に、都会にまで隼人を追いかけてきた女の子。

先ほど手水《ちょうず》舎での沙紀の宣言を思い返す。

あまりにまっすぐで、眩《まぶ》しくて、すぐには2人の間へ入っていけなかった。

沙紀ならばどんな思いで絵馬を書くのだろうと彼女になりきって書いてみようとして——

——愕然《がくぜん》としてしまった。

「あ、れ……」

わからないのだ。

沙紀の気持ちが、こんな手を伸ばせばすぐ届くところまで追いかけてきた彼女の、身を焦がすような想いが。

頭では理解できる。

きっと絵馬には『お兄さんともっと親しくなれますように』という少し控えめな、しかし到達可能な目の前の目標を書いたのだろう。それはわかる。

しかし春希はその感情を再現しようと計算《けいさん》して自らの心に手を伸ばすも、靄《もや》か何かがかかっているような、ぴったりと蓋《ふた》がされているかのようで、あの沙紀の本物の熱と色にはいくら手を伸ばしても触れられない。だから春希は、そんな表面をなぞった行動しかわからない。

ズキリと胸が痛む。

きっと歪《いびつ》なのだ。この自分という在り方が。

これ以上考えるとドツボに嵌まりそうだったので、頭《かぶり》を振ってそれまでの考えを追い出すようにため息を吐く。

そして今のこの状況について思い巡らす。

色んな変化がある。それでも今、この隼人の転校を機に変わった毎日は、とても楽しい。

だからそのことを言葉にすると、きっとこうなるのだろう。

『また皆と一緒に、秋祭りに来られますように』

◇◇◇

隼人は姫子と共に、皆のところへ戻った。

赤面している伊織と恵麻を中心に、何とも奥歯にものが挟まったかのような空気が流れている。

「っと、おまたせー！」

少し遅れて春希がやってくる。これで全員だ。

ふと、一輝と目が合う。

誰との縁を願ったのかといわんばかりのニコリとした笑顔を向けられたので、余計なお世話という意味を込めて眉《まゆ》を寄せ、頭《かぶり》を振る。

するといい一輝は残念とばかりに肩をすくめ、それからスマホで時刻を確認し、口を開く。

「花火の時間までまだ少し時間があるけど、既に人も集まり始めてるね。ここだと座れないし場所を変えるのも手だけど、どうする？」

一輝の言葉通り周囲に目をやれば、まばらだった拝殿前の広場も徐々に人が増えてきている。だけどここは参拝する人のための場所でもあり、そこまで広くはない。花火自体は近くの運動公園から打ち上げるらしく、間近で見ようとそこへと向かう人も多い。

正直なところを言えば、どちらでも構わない。それは他の皆も同じのようで、どうしようかと決めかねて困った顔をしている。

するとそんな中、姫子が「はいっ！」と手を伸ばした。

「このお祭りのこと調べたんですけど、この画像の鳥居越しに見えてる花火って、ここから見たやつですか？」

「多分そうだね」

「なら、これと同じ感じで花火見たいです！　なんなら写真撮りたい！」

「じゃあせっかくだから、良さそうな場所を探そうか」

「はいっ！」

一輝がいいかな？　といった表情で皆の顔を見回すも、特に誰からの反対もなく、慣れた様子で先頭になって歩き出す。皆もそれに続く。

途中姫子が「あっ、花火観賞用にたこ焼きとかりんご飴《あめ》とか用意した方がいいかな⁉」と声を上げれば皆の笑いを誘う。そんな中、一輝だけが「えっ⁉」と真顔になれば、隼人のツボに嵌《は》まってしまいくつくつと肩を揺らす。姫子も抗議とばかりに頬を膨らませた。

「もぅ、なんですか一輝さん！　奢《おご》れって催促しているわけじゃないんですから。自分で払いますぅー」

「あぁいやそうじゃなくて、えっと食べ過……お腹壊しちゃわないかなって」

「へーきですって、へーきへーき！　別腹ですよ、別腹！」

「そ、そうなんだ」

そこへ妙ににこにことした笑顔を貼り付かせた春希が、姫子の耳元でポツリと呟《つぶや》く。

「……ダイエット」

「っ！　は、はるちゃん……？」

「そういや姫ちゃん、最近秋の新作コンビニスイーツよく食べてたから、お腹周り気にしてたよね～？」

「さ、沙紀ちゃんまで⁉　だ、大丈夫だよ、最近控えめ気味だったし、それに今日は朝とお昼は抜いてきたもん！」

　みるみる表情が強張る姫子。

　そこへ沙紀も追い打ちをかければ、身体もかちりと凍らせる。

　どうやら今日、食べ過ぎだという自覚はあるらしい。

　なんだかんだで節制していた春希と沙紀の顔には余裕があり、姫子に疑惑の込められた目を向けた。

　うぐぐと姫子が唸《うな》っていると、一輝がにこりと慈しみ包み込むかのような笑みを浮かべ、甘い声で囁《ささや》く。

「大丈夫だよ、姫子ちゃん。ここのところずっと我慢してたんだよね？　なら今日はチートデイにすればいいよ」

「ちーとでー……あ、聞いたことある！」

「週に1度、何も気にせず食べる日を設けた方がストレス発散にもなって、ダイエットに効果的だってやつだね。僕の姉さんも取り入れてるよ」

「お姉さんも⁉　じゃあ今日はチートデイにする！　気にせず食べる！」

　それはまるで悪魔のささやきだった。

　免罪符を手に入れたとばかりに目をキラキラとさせる姫子。それを見てにこにこ具合を増す一輝。

隼人は相変わらず単純な妹に「はぁ」と大きなため息を吐いて口を挟む。

「姫子、チートデイっていうのは何ヶ月もダイエットを続けている人じゃないと効果がないんだぞ」

「っ!? え、ウソ……っていうか、何でおにぃがそんなこと知ってんのよ!?」

「以前ダイエットがどうこうって騒いだだろ？　そん時に調べたんだよ。……一輝に揶揄《からか》われてるの、気付け」

「一輝さんっ!?」

「あはは」

姫子がウソだよね？　といった表情を一輝に向ける。

一輝は悪戯《いたずら》がバレたとばかりに茶目っ気たっぷりに片目を瞑《つぶ》り、軽く両手を上げた。

すると姫子は騙《だま》したな！　とみるみる目尻《めじり》を吊《つ》り上《あ》げ、ぽかぽかと一輝を叩《たた》いて抗議する。

「もぉーっ、一輝さんまでっ！」

「あはは、ごめんごめ――――」

「全く、女の子に体重の――一輝さん？」

「…………」

それまで楽しそうな笑みを浮かべていた一輝が、ふいに凍り付いた。血の気と共に表情も急速に抜け落ちていく。

まさか自分が何かやらかしたのかと思い、オロオロする姫子。

隼人たちもいきなり固まり足を止めた一輝を怪訝《けげん》に思い、その瞳《ひとみ》が捉《とら》えている先へと目をやれば、同じように固まっている6人の男子グループが目に入る。

やがて先に我を取り戻した彼らの1人が酷薄な、見下すような笑みを浮かべて口を開く。

「いよぉ、裏切者の海童《かいどう》じゃん。相変わらず女連れてんのな」

空気が一瞬にして剣呑《けんのん》なものへと変わる。

そして彼を皮切りに、他の男子たちもにやにやとした侮蔑《ぶべつ》の笑みを貼り付け、一輝を取り囲む。

「1、2、3……おいおい、今度は4股《また》か？」

「相変わらず女を侍らせてるのな」

「もしかしておねーちゃんをネタに釣り上げてる？」

「いいよな、有名人が身内ってさ」

「……っ」

一輝は俯《うつむ》き拳《こぶし》を握りしめ、爪を皮膚に食い込ませる。

明らかに非友好的な態度だった。

隼人も眉を顰《ひそ》める。彼らのうち2人にはどこか見覚えがあった。記憶の奥底をさらえば、いつぞや映画に行った時のファミレスで絡まれた時の相手と一致する。

どうやら一輝の中学時代の知り合いなのだろう。

中学時代、一輝が彼らと何があったのかはわからない。別に詳しいことを知ろうとも思わない。だが、想像はつく。

今の一輝は学校でもなるべく女子と2人きりにならないよう、気を配っているのにも気付いている。

他にもバカみたいに不器用なところがあって、口下手で、人を貶《おとし》めたり傷付けたりするようなことをしないやつだということもわかっている。わかってしまっている。

なんだかんだで、傍にいて気持ちのいいやつなのだ。

伊織と恵麻がギクシャクしていた時も、部活を休んでまでバイトのヘルプに入って助けてくれてたではないか。

だからその一輝が、友達が、ただサンドバッグのように悪し様に嬲《なぶ》られてるのが、とても、無性に、気に入らない。

「一輝、これらに構うのはもういいから、早く場所を確保しに行こうぜ」

「は、隼人くん⁉」「「「「「っ⁉」」」」」

気付けば身体が勝手に動いていた。

驚く一輝の手をお構いなしに掴《つか》み、包囲する彼らを正面から、眼中にないとばかりに強引に分け入り押しのける。

彼らも一瞬唖然《あぜん》としたものの、我に返りすぐさま隼人の肩を掴む。

「おい、お前何なんだよ」

「オレらが海童と話してる最中だろ！」

「話？　俺には負け犬の遠吠《とおぼ》えなら聞こえてるが？」

「んなっ⁉」

しかし隼人はその手を剝《は》がし、面倒臭そうな顔でシッシッと手で追い払う。

彼は一瞬言葉を詰まらせるも、その挑発的な行動にふぅ～と何かを思い直すかのように芝居がかったため息を1つ。それから「はんっ！」と鼻を鳴らす。

「まぁ海童って性格はともかく顔はいいからな、女子が寄ってくる。だからお前みたいにおこぼれにあずかろうとしたやつも寄ってくる。そうだろ？」

「なるほど、お前がそうだったんだな。じゃあ俺もそれでいいよ」

「っ！　あぁ、じゃあせいぜいお前が狙ってる女が取られないよう気を付けるんだな」

「実体験からのご忠告をどうも。的外れだが、一応受け取っておくよ。それだけか？」

「～～っ！」

隼人がさもつまらないといった顔と声色であしらえば、彼らの顔もどんどん歪《ゆが》んでいく。返す言葉もないようだった。

一輝とは彼女がどうだとかいう理由でつるんでいるわけじゃない。だからそんなことを言われても、何ら心に響かない。呆《あき》れたため息が出ては、彼らの感情をさらに逆撫《さかな》でする。

すると彼らは隼人相手では分が悪いと思ったのか、今度は隼人と一輝の後ろにいる春希たち女子陣へと標的を変えた。

「あ、おいっ！」

隼人が制止の声を上げるも、今度は彼らが聞き流す。

侮蔑と哀れみ、そして色欲の混じった視線で彼女たちの身体を、生理的嫌悪を覚える目で舐《な》めまわすかのように見れば、姫子はビクリと身体を強張らせ、沙紀も身を捩《よじ》らせる。春希もあからさまに嫌そうな顔を作り、伊織は恵麻を庇《かば》うように前へ出る。

しかし彼らは止まらない。

「なぁ、どうせならオレたちの方へ来なよ」

「そうそう、色々奢るしさ」

「どうせ海童なんて、お前らのこと眼中にないって」

「あ、ここよりもっといい花火スポット知ってるぜ」

「いいね！　よし、決まりっ！」

「っ！」「話を聞けっ！」

隼人の声を無視し、ビクリと固まり怯《おび》えている沙紀へと手を伸ばす。しかし姫子が咄嗟《とっさ》に沙紀を庇うようにして前に出てその手を払い、キッと眉《まゆ》を吊り上げて叫ぶ。

「さ、沙紀ちゃんに変なことしないで！　それにさっきから顔がどうだとか、姉がどうだとか、すっごく下らない！　それって結局、一輝さんへの嫉妬《しっと》ですよね⁉」

彼らは姫子のストレートな物言いに、ますます怒りで顔を赤くしていく。

「っ⁉　てめ、この女っ」

「だ、誰が海童なんかっ！」

「どうせ海童相手に腰振ってたんだろ！」

「ビッチのくせにっ！」

彼らは払いのけられた手を握りしめ、ぷるぷると震わせる。それはいつ姫子へ振るわれてもおかしくなかった。姫子は毅然《きぜん》とした表情を作っているものの、怒声を浴びせられればビクリとしてしまう。

そんな姫子の怯えを感じ取った彼らは、下卑た笑みを浮かべた。

「なんだ、勇ましいのは声だけで身体は震えてるじゃないか」

「っ⁉」

さすがにこれ以上は看過できない。隼人が無理矢理にでも彼らの間へ入ろうと駆け出そうとした時、ふいに一輝が肩を摑み制止した。

「待って、隼人くん」

「っ！　……一輝？」

どうして止めたのかと抗議する視線を投げるも、やけに真剣な表情で首を横に振る。まるでここは任せろと、もしくはこればかりは譲らないといったように。

そしてよく通る声で叫んだ。

「そこまでにしろ、橘《たちばな》！」

「っ！　んだよ、海、童……」

一輝はいつもと同じようににこにことした笑顔を貼り付けていたが、今まで見たことのないような表情をしていた。

ゾクリと背筋が震える。一輝らしからぬ異様な表情だ。

彼らも敏感に感じ取ったのか思わずたじろぐも、そこは意地だったのだろう。キッと一輝を睨《にら》み返す。

「一言、いいかな？」

「……あぁ？」

「僕はね、別に何て言われても構わないんだ。僕はね」

だが、それで怯《ひる》む一輝ではない。

1歩後ろに下がる彼らに詰め寄り、より一層凄絶《せいぜつ》な笑みを浮かべ——

「僕の友達を、大事な人を——バカにするなーーッ!!!」

こればかりは隼人に譲らないと。

そんな声で、気迫で、彼の顔面に拳を叩きつけた。

ゴツッ、と骨と骨がぶつかる鈍い音が響く。

一輝の行動に誰もが呆気《あっけ》に取られていた。

唯一殴られた彼だけはすぐさま激昂《げきこう》し、殴り返す。

「てめっ、何しやがるっ！」

「それは僕のセリフだっ！」

「ぐっ……調子に、乗んじゃねぇっ！」

思いっきり横っ面を打たれた一輝だが、それでも怯むことなく彼の胸倉を掴み返しては頭突きをかます。

「ずっと思っていた！　そもそも、裏切りものって何なんだよっ！　そんなに高倉《たかくら》先輩のことが好きだったんなら、キミがもっと積極的に話しかけるべきだったんだ！」

「っ！　恵まれた状況のお前に、何がわかるっ！」

「何もわかんないよっ！　フラれた原因を僕に擦り付けるやつの心境なんてっ！」

「〜〜〜っ、ふざっけんなっ！」

「そっちこそ！」

罵《のの》り合《し》いながらの取っ組み合い。

やがて興奮した一輝は彼だけでなく、他の5人にも矛先を向け、叫ぶ。

「好きな人を取った？　僕が浮気《うわき》している？　あの時、僕がどんな思いで違うと声を上げていたか！　あぁ、今はもうキミたちのような妬《ねた》み深い連中と縁が切れて清々しているね、このヘタレどもめ！」

「っ！　うるせーんだよ！」

「お前、黙れよ！」

「海童のくせにっ！」

「うぐっ！」

一輝が挑発すれば、たちまち逆上した彼らに突き飛ばされ、無様に地面に転がされる。胸を強く打たれたのか、ゲホゲホと咳《せ》き込む。

（──何やってんだ、あのバカッ！）

隼人も思わず心の中で毒づく。あんなことを言えばこうなることなんて、わからないはずがないだろう。

だけどその時ふいに顔を上げた一輝はこんな時だというにもかかわらず、すっきりとした笑みを浮かべていて──気付けば隼人は駆け出していた。

「一輝っ！」

「隼人くんっ⁉」

「っ⁉」「なんだよ、お前っ！」

一輝へ追い打ちをかけ蹴飛《けと》ばそうとしていた相手に体当たり。そして庇うかのように立ちふさがった。

当然、彼らの射貫くような視線が隼人にも突き刺さる。

明確な悪意が込められたそれは、生まれて初めて向けられるもの。

ぞくりと背筋が震え、後ずさりそうになるのを、奥歯を嚙《か》みしめ踏み留まる。

もしここで1歩でも引いてしまえば、もう二度と一輝の、友達の隣に胸を張って並べなくなってしまうだろうから。そんな自分は、到底認められない。

（――っ）

ふと、春希の顔が脳裏を過った。

母に、祖父母に、周囲から悪意をぶつけられ、それでも笑顔の仮面を貼り付ける春希を。

そして何かを理解する。

だから隼人は笑う。

先ほどの一輝のような獰猛《どうもう》な笑みを浮かべ、「はっ！」と鼻を鳴らし――を笑い飛ばしてやった。

するとそんな態度の隼人にバカにされたと思ったのか、彼らは一輝と同様に突き飛ばそうとして――

「てめ、何を笑って――」

「おっと！」

「ぐっ⁉」「伊織くんっ！」「伊織っ⁉」

伸ばされた手を横から割って入ってきた伊織が掴《つか》み、捻《ひね》り上げた。

驚く隼人と一輝。

当然、伊織にも敵意の視線がぶつけられる。

だがその伊織はへらりといつもの調子で笑って受け流し、そして嘯《うそぶ》く。

「なぁ、一輝に隼人さ、面白いことするならオレも交ぜてくれよ。友達だろ？」

「伊織、くん……ぷっ」

「は、はは……あはははははははっ」

隼人も、そして一輝も思わず吹き出してしまった。

一体何をやっているんだろうと思う。

多勢に無勢、そもそも喧嘩《けんか》なんてしたことない。ロクな勝負にすらならないだろう。

だというのに、この状況がどうしてかおかしくてたまらない。

「あぁ⁉」

「チッ、何笑ってんだよ！」

「くそうぜぇ……」

そんな隼人たちに、いよいよ彼らが苛立《いらだ》ちを隠そうとしない。

いつ殴り掛かろうか機会を見計らっていく。

この場の空気が張り詰めていく。

腹の内はとうに決まっている。

だが懸念があった。沙紀や姫子、恵麻たちを巻き込むわけにはいかない。

だから春希に女子たちを連れてなんとかこの場を離れてくれと視線を送れば、こくりと頷《うなず》く。

しかし春希は自らの浴衣《ゆかた》と帯に手をかけ——

「きゃ～～～！　た、たす、助けて……っ、あの人たちに犯される～～～っ！」

「「「「「っ⁉」」」」」

そして絹を裂くような悲鳴を上げ、隼人に縋《すが》りついてきた。

普段からも春希の凛《りん》とした鈴を転がすような声はよく響く。それが泣き叫ぶ声であるなら、なおさら。

さらに今の春希の姿は浴衣がはだけ肩を露わにし、帯も中途半端に解かれている。まさに無理矢理手籠《てご》めにされかけたのを逃げてきたような風貌《ふうぼう》だ。

注目が集まる。

そこへ春希はさらに火に油を注ごうと彼らを指差し、声を張り上げた。

「あ、あの人たち、いきなり私のことをビッチだとか、遊んでやるとか言って……うっ、……うぅぅ……っ」

それまでこちらに巻き込まれまいと遠くから見ていた周囲も、さすがに尋常じゃない様子だと気付き、騒めき出す。

「おい、見ろよあの子……」

「ひどい……集団で襲ったの……？」

「そういやさっき、尻軽《しりがる》、ビッチ、遊べって言ってたような……」

「人としてやっていいことと悪いことがあるだろ……」

「わ、私ちょっと警備の人探して呼んでくるっ」

迫真の演技だった。

もはやどこからどう見ても春希が彼らに襲われ、隼人たちに助けを求めているという状況を作り出してしまっている。

当の春希はといえば、隼人の胸に顔を埋めているものの、その表情はしてやったりと片目を瞑《つぶ》りチロリと舌先を見せ、意地の悪い笑みを浮かべていた。

「いや、違っ、そんなこと！」

「あの女が勝手に」

彼らも周囲に向かって必死に言い訳するものの、余計に周囲の視線が犯罪者を見るそれに変わっていくのみ。

少し離れたところでは泣きそうな顔でオロオロする沙紀と、固まっている姫子。

それが余計に春希の演技の真実味を増させ、彼らの凶悪さを引き立たせていた。

さすがにこの状況が如何《いか》にまずいかわからない彼らではないらしい。みるみる顔を青褪《あおざ》めさせていく。

やがて「何事だ！」という警備員らしき声が聞こえるや否や、彼らは雑木林の方へと蜘蛛《くも》の子を散らすように逃げ去っていく。

「ちょ、調子に乗りやがって！」

「くそっ、覚えてろよ！」

彼らの後ろ姿を見送り、真顔に戻った春希がポツリと呟《つぶや》く。

「あんないかにもな捨て台詞《ぜりふ》、本当に言う人いるんだ……」

「「……ぷっ」」

そして隼人たちは顔を見合わせ、あははと声を上げて笑った。

エピローグ

花火が始まった。

しかし社務所近くの手水舎《ちょうず》の一画で腰を下ろした一輝《かずき》は、濡《ぬ》れたハンカチで腫《は》れた頰を冷やしつつ、姫子《ひめこ》に怒られていた。

「一輝さん、いきなり何やってるんですか⁉ ビックリしましたし、頰もメチャクチャ赤くなってるし！」

「あはは、口の中も相当切れちゃってるね。明日《あした》からしばらく口内炎に悩まされそうだ」

「笑いごとじゃありません！」

腰に手を当てぷりぷりと頰を膨らませた友人の妹《姫子》に見下ろされながらお説教されるという構図は、さぞかし情けなく滑稽《こっけい》な姿だろう。

だけど一輝の心の中は、それでも笑みが零れてしまうほど晴れやかだった。

ちらりと隼人《はやと》の方を見る。

隼人もまた、一輝と同じく沙紀《さき》に怒られていた。

「びっくりしましたよぅ！　あんな風に考えなしで飛び込んで、喧嘩して……見ていてひやひやしたんですからねっ」

「いや、あれはその、勝手に身体が動いてしまったというか、何ていうか……」

「お兄さんまでケガとかしたらどうするつもりだったんですか、もぉ～」

「えぇっと、あー……ごめんなさい」

確かに挑発紛いの言動に体当たり、隼人の行動は褒められたものじゃないだろう。隼人自身もその自覚があるのか、シュンと小さく肩を縮こまらせている。

一輝の視線に釣られてそんな兄の姿を見た姫子も、「まったく、おにぃもおにぃなんだから」と呆《あき》れたため息を零す。

しかし一輝はそんな隼人に言いたいことがあり、少し照れ臭そうにして口を開く。

「でも僕は隼人くんが来てくれて嬉《うれ》しかったよ。うん、本当に嬉しかった。その、バカだとは思ったけど」

「……バカで悪かったな」

「ははっ、でも実際殴り掛かっちゃった僕が一番バカだったんだけどね」

「俺、一輝があんなことするなんて思いもよらなかった」

「あはは、不思議だよね。勝手に身体が動いちゃったんだよ。反射的に……あぁ、そっか──」

そこで一輝ははたと気付き、言葉を区切る。

やけに真剣な面持ちになり、隼人や姫子に沙紀、そして先ほどの騒ぎのことを説明している春希《はるき》や伊織《いおり》、恵麻《えま》がいる社務所の方へと視線を巡らせ、朗々と自らの胸の内を述べる。

「あぁきっと、僕は自分で思っている以上に、隼人くんや姫子ちゃんたちのことが大好きなんだ」

「か、一輝っ⁉」「一輝さん⁉」「わ、はわわっ⁉」

我がことながらやけにストレート過ぎる言葉だったかな、と羞恥《しゅうち》が遅れてやってきて頬が熱を帯びていく。

隼人と姫子は驚き言葉を詰まらせ、沙紀もあわあわとしきりに一輝と霧島兄妹《きりしまきょうだい》の顔を交互に見やる。

とにかく、心が軽かった。

今までどこか胸の内に澱《おり》のように揺蕩《たゆた》っていたものが綺麗《きれい》に消え失せ、まるで生まれ変わったかのよう。

「彼らとのことがあって、今まで人との間に壁を作ってきた。誰かを信じることに憶病になっていた。だけどさっきの隼人くんを見て確信したんだ――あぁ、本当の友達なんだって。僕はもう、とっくに救われてたんだって……」

「お、おぅ……」

恥ずかしいことを言っている自覚はある。言われた隼人だって赤面しつつ、反応に困っている。

だけど、どうしても言葉にして伝えたかった。

想いは言葉にしないと伝わらない――伊織と恵麻に教えられたばかりじゃないか。

そう、もう1人、ちゃんと言葉にして伝えなければならないことがある。

一輝は少し緊張した面持ちで立ち上がり、腫れあがっている頬をこれでもかと真っ赤にして、どこまでも真剣な声色で姫子に向かってまっすぐに手を伸ばす。

「色々と女の子とのことに思うことがあった。だけど姫子ちゃんは違った。いつもなんてことない風に接してくれて、今日だって姉さんのことを抜きに僕を見てくれて……思えば、姫子ちゃんにも随分と救われてきたんだ。だからっ！」

「え、あ、はい!?」

「僕は姫子ちゃんとも友達になりたい。友達の妹、兄の友達じゃなくて、ちゃんとした友達に……っ！」

「〜〜〜っ⁉」

この場の空気の勢いを借りて申し出る。それはかねてから思っていたこと。

しかし姫子にとっては突然のこと、頭から湯気が出そうなほど顔が真っ赤になっている。

「え……」「あぅ」と言葉を漏らし、ぐるぐる目を回す。隼人と沙紀だって同様だ。

一輝の伸ばした手が宙に彷徨《さまよ》う。

もしかしたら姫子にとって迷惑だったのかも——そう思ってくしゃりと表情を歪《ゆが》ませるも一瞬、しかしそれでも一輝は1歩前へと踏み出した。

「姫子、ちゃん——」

「か、一輝さんはっ！」

「は、はいっ」

「そんなことわざわざ言わなくても、もうとっくに……ってその腕、どうしたんですか⁉」

姫子はまるで叩《たた》きつけるかのように勢いよく一輝の手を取るも、袖口《そでぐち》から見える痛々しい擦り傷に気付き大声を上げる。

一輝はそれに今気付いたとばかりに、どこか他人事《ひとごと》のように言う。

「あ、これ地面に突き飛ばされた時のやつかな？」

「かな？　じゃなくて！　あぁもう、絆創膏《ばんそうこう》じゃ無理っ！　おにぃ、沙紀ちゃん、コンビ

「……ぁ」

「え、おぅ」「わ、わ、待ってよぅ」

そう言って姫子は身を翻し、隼人と沙紀の手を取り駆け出した。

すると丁度その時、社務所から戻ってきた春希と出くわし、すれ違いざまに早口で言葉を投げる。

「はるちゃん、一輝さんをお願いっ！」

「……ひめちゃん？」

そう言って姫子たちは怪訝《けげん》な顔をする春希と一輝を、この場に置いて去っていく。

春希からジト目を向けられたので、一輝はいつもの調子で肩をすくめた。

「あれ、二階堂《にかいどう》さんだけ？　伊織くんと伊佐美《いさみ》さんは？」

「2人は社務所の方でさっきの説明、というか言い訳してる。ボクはその、乱れた浴衣《ゆかた》を直して、途中から口を挟むのもなんだし戻ってきた。まぁ大事にするつもりはないから」

「そっか」

「……で、ひめちゃんに何したのさ？」

「友達になって、って頼んだだけだよ」

「それって、いつぞや隼人に言ったように？」

「そうだよ？」

春希の言葉の意味がよくわからなかった。思わずそれがどうしたのかと、きょとんとしてしまう。

しかし春希はそんな一輝の顔を見て、はぁ、と呆れた大きなため息を吐く。

「前から思ってたけどさ、海童《かいどう》ってバカだよね」

「僕も自分にビックリだよ」

「顔だって随分男前になってるし」

「あはは、当分は腫れあがったままかな？」

「……ボク、海童はああいう時、もっと無難にやり過ごすやつだと思ってた」

「そうだね、今までの僕だったら多分そうしてた。だけど……」

「だけど？」

「隼人くんたちがバカにされて、姫子ちゃんたちに手を伸ばされた時、頭が真っ白に……なっちゃ、って……」

「ふぅん……海童？」

あの時のことを思い返しながら話していると、妙な引っ掛かりを覚え、どうしてか語尾がどんどんと小さくなっていく。

怪訝に思った春希が顔を覗《のぞ》き込んでくる。

一輝は目を大きく見開き、自分の右手を見つめ、胸の中に生まれてしまっていたそれを、確認するかのように零す。

「──あいつらが姫子ちゃんに、手を出そうとした時だったんだ」

「え？」

「あいつらに姫子ちゃんが汚されるとか、触れさせたくないとか、許せないとか、そんな感情が一気に噴き出して、頭を埋め尽くしちゃって……」

あの時、姫子が彼らへの怯《おび》えの表情を見せた瞬間、自分の中の何かが弾けた。弾けてしまった。

霧島姫子。

気付けばよく一緒に遊ぶようになった女の子。

映画にプール、放課後のバイト先。

色んな街での買い物に、今日の秋祭り。

明るく流行《はや》りものが好きな彼女は、いつだって周囲に笑顔を振りまいていた。

そしていつだって、一輝のことを特別な目で見てこなかった。

今日だって姉は姉、一輝は一輝だと言ってくれ、心の中にあったほんのわずかな不安を吹き飛ばしてくれたではないか。

まるで太陽のように快活な姫子には眩《まばゆ》い笑顔こそがよく似合い、だからこそふいに彼女が見せるそれ以外の表情が、目に焼き付いて離れてくれない。

プールで好きな人がいたと呟《つぶや》いた時も。

こっそりと兄や親友に言えないことがあると胸の内を零した時も。

きっといつも浮かべている笑みの裏に、大きな苦悩を抱えているのだろう。

一輝と、同じように。もしくは、それ以上に。

だからこそ、彼女にそんな顔をさせたくないと強く思う。

そしてふいに、先ほど友達になりたいと言って伸ばした手を掴《つか》んでくれた時の悦びを思い返し――ズキリと胸が痛んだ。痛んでしまった。凝視していた手でくしゃりと浴衣に皺《しわ》を作り、うぐ、と呻《うめ》き声を漏らし、眉間《みけん》に皺を刻む。

「ちょ、海童、もしかして傷が痛むの⁉」

「傷じゃないけど、痛い。胸が、とても、あぁ、そうか――」

「え、どういう……」

心臓はあり得ないほど早鐘を打っている。

この胸に芽生えてしまった感情を確かめるべく、心の中の天秤《てんびん》に色んなものを載せてみた。

心の底から信じられる友人の妹。

友達になりたいと告げたばかりの女の子。

それに彼女の心には、他にまだ好意を寄せる相手もいる。

だというのに膨れ上がる感情は、何をどれだけ載せても釣り合いやしない。

顔がどんどん歪んでいく。

こちらを心配そうに覗く春希が目に映る。それほどまで酷い顔をしているのだろう。

丁度その時、花火が上がった。

夜空に咲いた花に照らされた一輝の顔は、今にも泣きだしそうな迷子のそれだろう。

かつて味わった痛み。

せっかくの現状が変わることへの恐れ。

それでもこの感情にだけは目を背けてはいけないと――言葉として形作った。

「僕は今、生まれて初めて誰かを本気で好きになったんだ……」

◇◇◇

春希は瞠目《どうもく》すると共に、信じられないとばかりに喘《あえ》ぐように声を漏らす。

「――え」

予想外の言葉だった。

だけど決定的な言葉だった。

一輝の言葉が燎原《りょうげん》の火《ひ》となって、春希の胸を焼いていく。

息が詰まる。足元がふらつく。動悸《どうき》が収まらない。

様子がおかしい一輝の心境を探ろうとしていたということも相まって、その心の変化は手に取るようにわかった。

それは我が身も焦がす感情の発露。本物のみが放つ高熱。

そして本能的にそれが、先ほど沙紀の心をトレースしようとして、ついぞ触れられなかった壁の先にあるものだと理解する。

――なんて大きな感情なのか。

やけに軋《きし》みを上げる胸を、無意識のうちに摑む。

一輝も自ら零れてしまった言葉が、にわかに信じられないようだった。

動揺で手を震わせ、縋《すが》るような目をこちらに向けてくる。

春希も、それをどう受け止めていいのかわからない。

一輝は自分と同じ、相手とは適当に合わせる側だと思っていたから、なおさら。

「どうし――」

「一輝さーん、薬買ってきましたよーっ！」

春希の疑問が投げかけられようとした時、姫子たちが小走りで戻ってきた。

一輝は動揺からビクリと身体を跳ねさせ、目を泳がせる。

しかし姫子はそんな一輝の様子に目もくれず、それよりも手当てとばかりにその手を取った。

「消毒薬もありますから、傷を見せてください」

「っ⁉　あ、その、いや、姫子ちゃん、1人でもできるから」

「もぉ、そんなこと言って！　ケガしてるのって利き手ですよね？　1人でちゃんと手当てできるんですか⁉　いいから、ほら！」

「でも、えっと……ぁ」

「あ」

傷の手当てをどうするかの攻防の結果、一輝が姫子の手から薬を落とさせてしまう。

バツの悪い顔を作る一輝。

ぷりぷりと頬を膨らませ、転がった薬を拾う姫子。

一輝は明らかに感情に振り回され、動揺していた。

当然だ、あれほどの炎に焦がされながら冷静であれという方が難しぃ。

暗がりでその表情が他の皆に悟られていないのが幸いか。

「もぉ！　変にカッコつけないで、大人しく手当てされてください！」

「……はい」

シュンとうな垂れ姫子にされるがままになる一輝を、隼人がくつくつと肩を揺らし笑う。

なんとも今を取り繕う滑稽《こっけい》な様だ。

「ざまぁないな、一輝」

「……はは、ホントだよ」

「はい、できました！　って、もう花火始まっちゃってるよ！」

「お待たせー」

「と、悪ぃ、手間取った」

「恵麻さんに彼氏さん！　花火始まっちゃってるし、見に行きましょう！」

そこへ社務所から恵麻と伊織も戻ってくる。姫子に促される形で2人だけでなく、隼人と沙紀も移動を開始し出す。

「あ、待って、姫子ちゃん！」

手当てが終わって呆然《ぼうぜん》としていた一輝は、花火へと興味を移した姫子たちを追いかける。

「そ、そのハンカチ、僕の血が付いて、汚いから、洗って返すから……っ」

「うん？　別にいいですよ。これくらい気にしませんし」

「ぼ、僕が気にするから！」

「そこまで言うなら……」

そう言って、一輝は多少強引気味に姫子から手当てに使ったハンカチを受け取る。一輝らしからぬ余裕のなさが見て取れた。

不審に思われやしないか、春希の方がハラハラしてしまう。

「春希？」

「っ!?　え、えっとなに？　どうしたの？」

そこへ急に隼人から話しかけられ、ビクリと顔と身体を強張らす。やけに鼓動が速くなる。

過剰な反応をする春希に、隼人は怪訝《けげん》な顔で覗き込む。

「どうしたの、じゃなくて……行かないのか？」

「い、今行く！」

「あ、おい」

どうしてかまともに正面から顔を見られず、慌てて前を行く他の皆を追いかける。

目の前で打ち上がっている花火が、周囲の人々の顔を色んな色に染め上げていく。

夜空に連続で響かせている破裂音は、まるで春希の破けそうな心臓のよう。

一輝の炎上した熱に中《あ》てられた胸の鼓動は、未だ収まりそうにない。

まるで無意識のうちに封じていたものを、暴かれたような感覚。

その感情は――

ふと、一輝と目が合った。

照れくさそうに、しかし困ったような笑みを浮かべたその顔が、どうしてか眩《まぶ》しくて仕方がない。沙紀と、同じように。

くしゃりと顔が歪《ゆが》む。

変わらないことがないだなんて、思い知っている。

どれだけ望んでも、叶《かな》わないことがあるということも。

それでも、一輝は同類だと思っていた。

だというのにどうして、という想いが強い。

きっと、あの瞬間に色々と考えたのだろう。

ついさっきだってらしくないことをしていた。

それでも一輝はこの身を焦がす炎《感情》に従って、心の中の天秤を決定的な方向へと傾けさせることを選んだのだ。


――たとえ、もう同じノリで接することができなくなったとしても。

あとがき

雲雀湯《ひばりゆ》です！　正確にはどこかの街の銭湯・雲雀湯の看板猫です！　にゃーん！

ここでお会いするのも6回目、片手の指の数を超えました。感慨深いですね！　ふと気が付けば、作者として2年半ずっとてんびんを書き続けていました。もうそんなに経ってしまったのかとびっくり。

しかし物語はまだまだ道半ば、これからも面白いと思ってもらえるよう、気を引き締めていきたいと思います！


さてさて、今回のお話はいかがでしたでしょうか？　一輝《かずき》を中心として進みつつ、物語全体として大きなターニングポイントになったかと思います。

そして今回のラストですが、ずっと描きたいと思っていたシーンの1つでもありました。こういう風なことを描きたいぞと意気込んだわけなのですが、しかし非常に苦戦しました。いざ書いてみるも、しっくりとこない。1ヶ月近くこねくり回して、何パターンも書いては担当編集さんに送っては、ちょっと違うなこれ、を繰り返していたと思います。

最終的に担当編集さんからの意見とアドバイスからピンと来て、てんびんらしい非常に満足のいく出来に仕上がりました！　頭が上がりませんね！

次巻は文化祭という学園モノ定番のイベントと共に、物語を大きく動かしていきたいと思います。最近出番の少ないあの子にスポットを当てていきたいところ。また、ずっと描きたかったシーンや、仕込んでいた伏線もあるので、それらも含めて盛り上げたいところですね。


話は変わりますが、私は海無し県民なので、新鮮な海の幸というものに強い憧憬《しょうけい》があります。

そしてどこか遠出したい欲と相まって、車を走らせること3時間、和歌山県の有田市にある漁港の街へと行ってきました！

目的は、出来たばかりの漁協直営のお店です。道の駅みたいな感じといえば伝わるでしょうか？　そこで食べた海鮮丼の、まぁ美味《おい》しいこと！

あまりに美味しかったので、リピートしちゃいました。次に訪れた時に頼んだのはしらす丼。これでもかとしらすが山盛りされている様は、思わず笑っちゃうほど。すっかりこのお店の虜になっちゃいましたね。

どうやら定期的にマグロの解体ショーもやっているとのこと。今度、それに合わせてマグロ尽くし丼を食べに行こうかと画策しています（笑）。

我が家にお迎えしたにゃーんについて。

ＦＩＰこと猫伝染性腹膜炎という病気をご存じでしょうか？　うちの子がこれに罹患《りかん》してしまいました。主に仔猫《こねこ》に発症し、進行も非常に速く、致死率はほぼ１００％。まだ治療法が確立されておらず、唯一の希望は海外で開発されたばかりの日本では未認可の薬のみ。

てんやわんやで大騒ぎしましたね。薬も当然ペット保険適応外、高額で貯金も吹き飛びましたが、命には代えられません。３ヶ月近い投薬を経て、ただいま寛解を目指して経過観察中です。元気に走り回っており、まずは一安心かな？

紙面も残り少なくなってきました。

現在、大山樹奈先生によるコミックスが2巻まで発売中です。こちらの方もよろしくお願いしますね！

最後に編集のK様、様々な相談や提案、ありがとうございます。特に今回は非常に助かりました！　イラストのシソ様、美麗な絵をありがとうございます。私を支えてくれた全ての人と、ここまで読んでくださった読者の皆様に心からの感謝を。これからも応援してくれると幸いです。

それからファンレターはいつも書く時の活力になっております。

おそらく送ってくれた人が思っている以上に。

だから、もっと気軽な感じで、いっそ軽率に送ってくださいね。

ファンレターに何を書いていいかわからない？　『にゃーん』と一言書くだけで大丈夫ですよ！

にゃーん！

令和4年　12月　雲雀湯

読者アンケート実施中!!

ご回答いただいた方の中から抽選で毎月10名様に「Amazonギフトコード1000円券」をプレゼント!!

URLもしくは二次元コードへアクセスしパスワードを入力してご回答ください。

https://kdq.jp/sneaker

[パスワード：yd787]

●注意事項
※当選者の発表は賞品の発送をもって代えさせていただきます。
※アンケートにご回答いただける期間は、対象商品の初版（第1刷）発行日より1年間です。
※アンケートプレゼントは、都合により予告なく中止または内容が変更されることがあります。
※一部対応していない機種があります。
※本アンケートに関連して発生する通信費はお客様のご負担になります。

スニーカー文庫の最新情報はコチラ!

新刊 / コミカライズ / アニメ化 / キャンペーン

公式Twitter

[@kadokawa sneaker]

公式LINE

[@kadokawa sneaker]

友達登録で特製LINEスタンプ風画像をプレゼント!

転校先《てんこうさき》の清楚《せいそ》可憐《かれん》な美少女《びしょうじょ》が、昔男子《むかしだんし》と思《おも》って一緒《いっしょ》に遊《あそ》んだ幼馴染《おさななじみ》だった件《けん》6

著　雲雀湯《ひばりゆ》

角川スニーカー文庫　23478

2023年1月1日　初版発行

発行者　山下直久

発　行　株式会社KADOKAWA
〒102-8177 東京都千代田区富士見2-13-3
電話　0570-002-301（ナビダイヤル）

印刷所　株式会社暁印刷
製本所　本間製本株式会社

◇◇◇

Printed in Japan　ISBN 978-4-04-112786-5　C0193

★ご意見、ご感想をお送りください★

〒102-8177 東京都千代田区富士見 2-13-3
株式会社KADOKAWA　角川スニーカー文庫編集部気付
「雲雀湯」先生
「シソ」先生

時々ボソッとロシア語でデレる隣のアーリャさん
Милашка❤
燦々SUN
イラストももこ
story by sun sun sun
illustration by momoco
ただし、彼女は俺が
ロシア語わかる
ことを知らない。
特設サイトはこちら!
スニーカー文庫

お見合いしたくなかったので、
無理難題な条件をつけたら
同級生が来た件について
桜木桜
イラスト
clear
story by sakuragisakura
illustration by clear
わたしと嘘の“婚約”をしませんか?
嘘から始まるピュアラブコメ、開幕。
お見合い話を持ってくる祖父に無理難題をつきつけた高校生・高瀬川由弦。数日後、お見合いの場にいたのは同級生の雪城愛理沙!? お見合い話にうんざりしていた二人は、お互いのために、嘘の『婚約』を交わすことになるのだが……。

スニーカー文庫

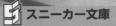

カノジョに浮気されていた俺が、
小悪魔な後輩に
懐《なつ》かれています
My coquettish junior attaches herself to me!
御宮ゆう
イラスト えーる
からかわないと、照れくさいから。
ちょっぴり 大人の青春ラブコメディ!
特設ページは▼コチラ!▼
しがない大学生である俺の家に、一個下の後輩・志乃原真由が遊びにくるようになった。大学でもなにかと俺に絡んでは、結局家まで押しかけて——普段はからかうのに、二人きりのとき見せるその顔は、ずるいだろ。
第4回 カクヨム web小説コンテスト《特別賞》ラブコメ部門
スニーカー文庫

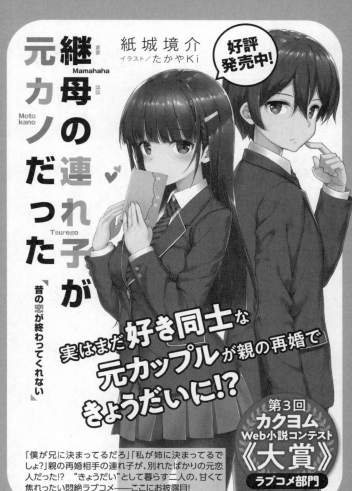

継《まま》母《はは》《Mamahaha》の連れ子《Tsurego》が元カノ《Motokano》だった
「昔の恋が終わってくれない」
紙城境介
イラスト／たかやKi
好評発売中!
実はまだ好き同士な元カップルが親の再婚できょうだいに!?
第3回
カクヨム
Web小説コンテスト
《大賞》
ラブコメ部門
「僕が兄に決まってるだろ」「私が姉に決まってるでしょ?」親の再婚相手の連れ子が、別れたばかりの元恋人だった!? “きょうだい”として暮らす二人の、甘くて焦れったい悶絶ラブコメ——ここにお披露目!
スニーカー文庫

「私は脇役だからさ」と言って笑う
そんなキミが1番かわいい。
クラスで2番目に可愛い女の子と友だちになった
たかた [イラスト] 日向あずり
第6回 カクヨムWeb小説コンテスト 特別賞 ラブコメ部門
『クラスで2番目に可愛い』と噂の朝凪さん。No.1人気の天海さんにも頼られるしっかり者の彼女は……金曜日の放課後だけ、俺の家に遊びに来る。本当は無邪気で甘えたがり。素顔で過ごす、二人だけの時間。
スニーカー文庫